JN077890

伊坂幸太郎

フーガはユーガ

実業之日本社

実業之日本社文庫

目次

フーガはユーガ

僕が殴られているのを、僕は少し離れた場所で感じている。

四歳の、いや、五歳になった時だった。

テレビで放送されていた番組は何だったのか。画面を観《み》ていたのは間違いないけれど、何しろ隣の部屋からあの男が、「おまえはテレビを観てればいいんだよ。こっち来るなよ」と怒鳴ってきたからで、内容はともかく、ひたすら目をテレビに向けていた。少しでも視線を逸《そ》らしたら、すぐにばれて殴られてしまう。

誰が殴られる?

僕だ。

あっちの僕はすでに殴られている。

お母さん、お母さん、と縋《すが》るような思いで唱えていたけれど、お母さんがいればどうにかなるものでもなかった。

どうしてソースがねえんだよ、とあの男が怒鳴って、お母さんが家を飛び出していったのはどれくらい前なのか。近くのコンビニエンスストアに行ったのだったら、とっくに帰ってきているはずだし、ソースがなくて、別のお店に向かったのかもしれない。

もしくは、家に帰ってきたくなくて時間を潰しているのではないか。

お母さんは味方ではない。いつだって見て見ぬふりなのだ。むしろ面倒臭そうに溜《た》め息《いき》をつくだけだろう。ただ、不思議なものでつらい時、恐怖を感じた時には、お母さん、と言いたくなる。

あの男が今、どうして怒り出したのかは分からない。いつだって、そうだ。気づいた時には男は、僕には、もう一人の僕を隣の部屋に連れて行って、蹴ったり、引っぱたいたりしはじめ、僕には、「おまえはそっちでテレビを観てろ」と命令した。身体《からだ》がいつの間にか揺れていた。怖いのか、つらいのか、不安なのか、自分が何を感じているのかも分からないけれど震えている。

やめて、と叫ぶ声が聞こえた。隣の部屋からだ。向こうの僕が言い、僕も心の中で声を上げている。

「おい、おまえ、見るんじゃねえよ」

自分が我慢できずに立ち上がり、そこを眺めていたことに気づいた。

隣の部屋で僕が暴れている。体をじたばたさせて逃げようとしているけれど、それを男が押さえつけている。小さな身体に乗っかっている。体の大きさが違い過ぎるものだから、人形を潰そうとしているようだ。僕が、僕が潰される？　腕をちぎられてしまう。

家中がぶるぶると揺れた。覗《のぞ》き込んでいたから、また怒られたのだ。何と言ったかは分からないが、大声に押されて僕はテレビの部屋に戻る。

画面を見てはいるけれど、何も考えられない。耳をふさぎたいけれど、ふさげなかった。

このままだと僕が大変なことになってしまう。

助けて！

祈る自分がいた。たぶん頭にあったのは、テレビで観るスーパーヒーローの姿だ。最初は普通の人の姿だけれど、自分や誰かがピンチになった時にポーズを決め、「変身」と口にする。その途端、一瞬にして姿が、その、正義の味方の恰好《かっこう》に変わる。そして敵をばっさばっさと倒してくれるのだ。

実際にはそんなことは起きない。

家の中には、家族以外はいないし、誰も、「変身」などせず、助けてもくれない。どうしてそうしたのかは分からない。

いつの間にか台所にいて、お母さんがいつも立っているあたり、棚をいじった。調味料の入った引き出しを開けていて、手にはサラダ油があった。服を脱いでいた。体にそれを塗った。

といった内容の話をしたところ、目の前の高杉《たかすぎ》が、「何で知ってたの?」と言った。まずはおしまいまで黙って話を聞いてほしい、と念を押していたが我慢できなかったのか。彼は僕とほぼ同い年、二十代前半だが、ずいぶん大人びて見えた。置かれた名刺に目を落とす。制作プロダクションと書かれている。「フリーのディレクター」という言い方を、彼はした。普段は東京に住んでいるものの、出身が仙台《せんだい》で、よく行き来をしているのだと説明した。頭は切れそうで、態度のそこかしこにプライドが見え隠れする。話の主導権を僕が握っていることが不満なのだろうか。

「何がですか」と訊《たず》ねる。

「サラダ油がぬるぬるしているってことを」

「それくらいは」

「五歳児が、サラダ油を認識しているかなあ」

「どうでしょう。子供のころの記憶って後からどんどん塗り変わるから、確かに僕も、それが本当の記憶かどうか分からないんですけど」

「油を塗ったのは事実なの？」

「ええ」僕は念を押すように言う。「さっきも言いましたけど、僕の喋《しゃべ》る話には記憶違いや脚色だけじゃなくて、わざと嘘《うそ》をついている部分もあるので、真に受けないほうがいいですよ。ただ、油のことは本当です」

へえ、と言いながら高杉は冷たい眼差《まなざ》しをこちらに向けてくる。

僕はまた、おおよそ以下の内容のことを、なぜおおよそかと言えば、口語の場合にはどうしても整った形ではなく、語尾は砕け、概要をつまむことになるからだが、とにかく、その話をつづけた。


油を塗ったあの時、頭にあったのはとにかく隣の部屋の僕を助け出したい、正確には、あっちの僕と代わってあげたい、という思いだった。

近づけば、叱られる。もしくは殴られる。蹴られる。油まみれなら、あの男も滑って捕まえられないいんじゃないかと単純に考えた。音が聞こえたのがその時だ。耳の奥がぶるぶると震えるような、虫の羽音に似た響きがあった。全身がぴりぴりと震えて膜で覆われるようだった。

何だろうと思った直後、僕は床に寝そべっていた。身体の向きが分からないものだから、顔の横に床があるのも理解できなくて、あれ、あれ、とおろおろした。

体を触ってくる手に気づく。

「おい、何だよおまえ。何で」男の声だ。隣の部屋にいたはずの、あの男がすぐそこにいた。殴られる！　恐怖が体中に広がる。

彼は？　さっきまで、この男にやられていた僕は？

あっちの僕と代わってあげたい。

自分が念じていたことを思い出す。

代わってあげられたんだ！

そう思った時には、男が油でぬるぬるした体を触ってきた。相手は、僕の肌をうまくつかめない。その間に立ち上がった。パンツは穿《は》いていたから、一瞬、男の手がそこに引っかかって、ぞっとしたけれど、千切れてもいい気持ちで思い切り引っ張ったら離れた。隣の部屋に行けば、僕がいた。きょとんとし、半裸に油を塗りたくった僕を見て、「あれ？」と言わんばかりの顔をしている。

逃げよう、と言ったのは僕だったのか、それともあっちの僕だったのか。

自分の姿など気にすることはなく、玄関に向かった。

背中のほうで男が怒鳴った。追ってくるため、靴も履かずに外に飛び出してアパートの階段へ二人で走る。

後ろで男が転んで、動物じみた声を上げた。

僕と高杉は、仙台市街地より少し離れた場所、ファミリーレストランのテーブルで向き合っている。ここに来たのは十分ほど前だ。トイレから出て、店内を見渡し、高杉の座っているテーブルに行くと、「今日は時間作ってくれてありがとう。いやあ、どうしても話を聞きたくて」と言ってきた。

僕は自分の服の、湿って染みができているところを軽く触る。朝からずっと晴れている仙台で雨が降るわけがないから、「トイレで手を洗う時に、水を出しすぎて濡《ぬ》れちゃって」と言わなくてもいい説明を思わず口にしていた。

高杉の表情は変わらない。黒縁の眼鏡《めがね》と理知的な顔つきのせいか、すべてを見通しているかのように見える。気づけば彼の掌《てのひら》の上、という恐怖すら覚えた。

「高杉さんは、もともと仙台に住んでいたんですよね？」これはメールのやり取りの中で、彼自身が説明してくれたことでもあった。「あの、それで僕にいったい何の用なんですか。メールでは、『不思議な動画について教えてほしい』とありましたけど」

「常盤《ときわ》君、君が映っているんだ」

「それってどういう」

「どこから話せばいいのか」高杉は自分の髪を触っている。「ええと今、新しい番組の企画で、変わった動画を探していてね。うちのバイトに、こんな動画が送られてきて」

「送られて？　タレコミというやつですか」

「何と呼ぶかはさておき。観てくれるかな」

鞄《かばん》からノートパソコンを取り出すと、開き、キーを叩《たた》く。

「面白い映像ですか」

彼と僕の中間あたりに横向きに置かれたパソコンの画面上で動画が再生される。よく分からず眺めていると、そこが小さな個室、トイレだと認識できた。

「これは」

「アーケード通りの、ファストフード店の二階、そこのトイレなんだって。男女共用らしく。早送りするよ」

男性や女性が便器に座る姿がちらちらと映るものだから目を逸らす。見てしまった途端、罪人として処罰される恐怖があったし、何より、男性はもちろん女性が便座に腰かける姿を見ても、喜びどころか不快感を覚えるだけだ。排泄《はいせつ》する姿では興奮できない。

「変わった動画、ってこれ、盗撮じゃないですか」嫌悪感がうまく伝わればいいが、と思いながら言う。

「俺が撮ったわけじゃない。送られてきた、と言っただろ」質問されること自体が癇《かん》に障るらしく、高杉の額あたりがぴりぴりと震えるのが見えた。

「動画を送ってきた人物が言うには」

「人物」仰々しいその言葉が気になり、思わず復唱していた。

「彼は」「男なんですか」

高杉は質問には答えない。「たまたま出張で仙台にいたらしい。食事しながら仕事をしていると、ファストフード店のトイレに二人組の男が入っていくのを見かけた」

「二人で、一つのトイレに？」

高杉がうなずく。「しかもなかなか出てこない。どうにも怪しい。はじめは盗品の整理や、ドラッグの売買を疑ったようだが、店を出てから気づいた。あれは、盗撮用のカメラを設置してたんじゃないか、って」

「男女共用のトイレだからこそ、ですね」仕掛けるために男が入っても、咎《とが》められない。

「だから気になって、翌日、もう一度、店に行った。トイレに入ると、予感的中、トイレットペーパーの積まれたところにカメラが設置されていたというわけだ。小さなカード型の記録媒体に内容は保存される仕組みで」

「もし気になったのなら、すぐ引き返して確かめれば良かったのに。そのカメラを、東京に持ち帰ったわけですか？」言わずにはいられなかった。盗撮映像が観たくて、それなりに録画データが溜まるのを待っていたのではないかと勘繰ることもできる。

「そもそも、警察に届けたんですかね」

高杉はその質問にも答えない。「あ、ここだ」と画面を指差す。

目を動画に戻した。

「これ、常盤君、君だ」と彼は言い切る。

便座に腰かける僕がいた。少し下からの角度ではあるが、斜め前あたりから撮られている。

「プライバシーの侵害じゃないですか」

「不思議なことに、用を足しているようには見えない」高杉が指摘したのは、映像内の僕がジーンズを脱ぐことなくただ座っているからだろう。背中を少し丸め、腹痛に耐えるでもなく、ぼんやりとそこにいる。

「トイレで落ち着くのが好きなんですよ。こうやって座って、緊張をほぐすというか」

高杉は軽蔑するように、僕を見た。「そんな嘘を」

「言っておきますけど、僕が喋ることには嘘や省略がたくさんあります」

「嘘を見抜くのは得意なほうなんだ」少しして、動画は停止された。「ほら、これ」

高杉がパソコンの画面ではなく、僕を見ているのは分かった。こちらの表情の変化を逃さないように、と観察している。この人は、と僕はふと思った。今までもずっと、他人をこうして観察して生きてきたのではないか。

高杉の口にした、「ほら、これ」が何を指すのかは理解できた。止められた画像の、その僕の体勢が先ほどとは異なっているのだ。座っていたはずが、立ち上がっている。

「しかも、顔に絆創膏《ばんそうこう》が」

「さっきはありませんでしたっけ」認めても良かったが、少し粘ることにはした。

「さっきまではなかった」映像を少し戻す。腰掛けた僕の顔には絆創膏がない。そして少し進めると、突如、立ち上がった姿勢が映った。鏡に向く時に、頰の絆創膏が見える。彼はまた映像を戻し、再生し、停止する、という作業を何度かやった。

便座に腰かける僕が、急に直立する。

「映像が飛んだんじゃないですか？」

「俺もはじめはもちろん、映像がおかしいと思った。動画ファイルが壊れているのか、もしくは編集加工されたんだと。これくらいの加工、今の時代、いくらでもできる。だけど、専門の人間に調べさせても、加工した形跡はないと言うんだ」

「まさか」

じっと彼が、僕を見てくる。「俺もにわかには信じられなかったし、だとしたら、これはどういうことなのか分からなかった。瞬間的に立ち上がったり、一瞬にして絆創膏をつけたりが、どうやって可能なのか」

「どうなんでしょうね」曖昧に答えながら、風我《ふうが》のことを考えた。双子として生まれ、一緒にあの環境を生き抜いた仲間、だ。「それで、どうして僕に行き着いたんですか」

「仙台に来て、聞いて回ったんだよ」

「高杉さんが?」

「何人かで」

「暇なんですか」怒るかな、と想像できたが口に出してしまう。

高杉は聞き流しているようだった。「そうしたら、君の友達がいた。これが君だと断言してくれて」

「友達なんていたことないんですが」

はあ、と高杉は呆《あき》れるような息を吐いた。どうしてそんな嘘をつくのか、と言いたいのだろう。「その友達が、君に連絡を取ってくれて、俺とメールでやり取りができて、今日の待ち合わせもできた」

「もっと贅沢《ぜいたく》な食べ物が出てくるお店にしてもらえれば良かった」

「割り勘だよ」

「そうなんですか？　テレビ局の取材なんだから」

「俺はテレビ局の社員じゃないよ。制作会社で働いているだけで」

「若手有望ディレクター」

「何で知ってるの」高杉が笑うが、目は固いままだ。

「思いつきを言っただけです」

「それにしても」少しして高杉は本心から言うように洩《も》らした。「今日は早めに仙台に来ておいて良かったよ」

「ああ」何を言わんとしているのかはすぐに分かった。テーブルの上に置いたスマートフォンを操作し、ニュースアプリを起動した。東北新幹線が止まっているのだ。関東エリアに降る雨で土砂崩れが起き、広範囲に停電が発生した影響だという。

「君との待ち合わせは、ここに十六時だったから、それに間に合えばいいかと思っていたんだが、ちょうどの新幹線に乗っていたら、着けなかった」

「一時間前に着く新幹線でも駄目でしたよ」新幹線が止まって、にっちもさっちもいかなくなっている。

「勘が働いたのかな。早めの新幹線で、昼前には仙台に着いた。もし常盤君と早く会えるようだったら、前倒しにしても良かったんだけれど」

「昼はボウリングをしていたので」

「やっぱり、友達いるんじゃないか」

「一人で、です。趣味みたいなもので」この二年ほど、僕はボウリングばかりしている。正確には趣味と言うよりも、むしろ、ボウリングしかできないと言ったほうが近いかもしれない。ひたすら、十四ポンドのボールを投げるのは、余計なことを考えずに済む。

「へえ」高杉は関心がなさそうで、「マイボールとか持ってるの?」とからかうように言った。

「持ってますよ」あまりに頻繁に、ボウリング場に顔を出すものだからスタッフに勧められたのだ。シューズも毎回レンタルするコストを考えて、購入した。それから僕は、はっとする。マイボールを忘れてきたことに気づいたのだ。

「どうかしたのか」

「ボール忘れてきちゃったことに気づきました」冗談のようだが、本当だった。

「ボウリングのボールを?　重いだろ。忘れるなんてことがあるのか。どこに」と大袈裟《おおげさ》に呆れてみせたが、それも感情がこもっているようには見えない。

とっさに記憶を辿《たど》る。ボウリング場で会計をし、ビルを出た時までは、ボウリングバッグに入れて持っていた。それは覚えている。

その後、いったん荷物を自分のアパートに置きに行こうとした。自分の行動を巻き戻しつつなぞっていく。

ボウリングバッグを足元に置く場面が浮かんだ。座席に腰かけたところで、床にそっと当てたつもりが、ごん、という重々しい音が鳴り、ひやっとしたのを覚えている。隠すように両足のさらに後ろへ、押しやった。あそこに置いたままだ。

「たぶん車内です」

「仙石線《せんせき》か？　見つけた駅員も驚くだろうな。重いんだから」高杉はすでに、ボウリングのボールについて興味を失っているようだった。「今はとにかくこの話だよ」とノートパソコンに視線をやる。「ここに映っているのは、君だ」

「だとしたら？」

「この動画の内容について説明してほしいんだ。これはトリック映像なのか、それともほかに仕掛けがあるのか」

「面白かったら、テレビに出してくれるんですか」

「面白さ次第だ」テレビの持つ影響力を笠《かさ》に着るような、口ぶりだ。

それじゃあ、と僕は座り直す。「話、聞いてもらってもいいですか？」

そして、サラダ油の話をし、途中で高杉に話を折られながらも、「アレ」に関する説明を、つまりは僕の子供のころからの出来事を喋ることになった。

初めてそのことを自覚したのは、小学生になってからだ。本当の意味での最初は、五歳になった時のサラダ油まみれでのアレだったけれど、その時は何が起きたのかは分かっていなかった。もう一人の僕、この呼び方もさすがにくどいだろうから、ここからは風我と名前で呼ぶが、その風我も同じだったらしく、「アレを自覚したのは小二の誕生日」とのちに言った。

国語の授業を受けていた。漢字の読み書きテストの最中で、僕は、「十本」のふりがなに、「じゅっぽん」と書いた後で、「確か、違ったぞ」と首をひねっているところだった。小一の時に習ったはずだ。どこかに答えが書いてないかと教室内に目を走らせていたところ、正面の時計が目に入った。十時を過ぎ、十時十分あたりを指すところだ、と思った瞬間、ぴりぴりと皮膚が震えた。座ったまま身体が固まった。サランラップで体中が、鉛筆を持つ手も含めて全部、包まれるような感覚があって、「あれ?」と思った。静電気ほど強くはなく、痛みはないものの、毒とかで痺《しび》れるのはこういう感じなのかな、とちょうど前日のテレビで海月《くらげ》の毒の話をしていたからだけれど、ぼんやりと考えたところ目の前に黒板があった。黒板を前に座っていた。慌てて立ち上がると、「おい、黒板に鉛筆で書いちゃうなよ」と右後ろあたりから男の声がした。

直後、うしろからみなの笑い声がはじけて、背中にぶつかった。

僕は鉛筆を持ち、黒板に向き合っている。

チョークのかわりに鉛筆を使うのは妙だから、それが可笑《おか》しかったのだろう。ただ僕にも言い分はある。

さっきまで漢字テストだったのに。黒板には数字があった。習ったばかりの九九の式が並んでいる。国語の時間から算数の時間へ急に移動した。寝ちゃっていたのかな。それとも、テストからの記憶が抜けちゃったのかな。「十本」のふりがなが分からなくて、嫌になったとか？　ああそうだ、「じっぽん」だった。

「ほら、チョーク」そこで先生が近づき、手を出してくれた。

おかしい。そこで間違いに、それを間違いと呼ぶべきかどうか定かではないけれど、僕は気づいた。隣のクラスの担任、岡沢《おかざわ》先生がどうしてここに？　僕の担任、たか子《こ》先生が不在の時に、代行として、隣のクラスと兼業するような形で来てくれることはあるけれど、たか子先生はついさっき、漢字テストのプリントを配っていたではないか。

混乱する僕に、岡沢先生が大事なことを、それはまさに、その事象を説明する回答とも呼べる、一言を口にした。

「九九、そろそろ覚えていないとまずいぞ、風我」

先生は、僕を弟だと思っている。というよりも、ここは弟のクラスなのだ。


算数の時間が終わり、酸素を水面に求めるような必死さで廊下に飛び出すと、僕のクラスから風我がやってきた。困惑が顔中から漏れ出ている。僕もそうだったはずだ。狼狽《ろうばい》のあまり、言葉は出ず、お互いが相手のクラスと自分のクラス、相手の体と自分の体を交互に指差す。

いつの間にか、居場所が交換していた。

「何なの、これ？」先に言葉に出たのは、風我のほうだった。

「何が起きたんだろ」

休み時間はすぐに終わり、僕たちは本来の自分のクラスに、首をかしげながら戻るほかなかった。二人してクラスを間違えてしまったのかな、と無理やり納得したところもあった。

ただ、一度きりではなかった。

十二時を過ぎた頃、今なら十二時十分だと断言できるが、給食を食べている最中に、また膜に包まれるぴりぴりとした感覚に襲われたのだ。パンを口に入れようとした体勢で固まり、あ、と思った直後、違う光景が見えた。教室内ではあるが座っていた席が違っていた。僕はパンを齧《かじ》ったが、目の前のトレイにはもう一つパンがある。しかも給食用にまとめた形で机を並べた同級生は、みな、隣のクラスの児童ばかりだった。

ほとんどパンを落とす勢いで、机の中のノートを引っ張り出し、そこに書かれている、「常盤風我」という名前を確認したのだから、パニック状態とはいえ、我ながら察しが良かった。またしても風我と入れ替わったのかも。そう見当づけていた。

「瞬間移動」風我は目を輝かせて、言った。「この間観た昔のアニメにもあった。歯の中にスイッチあってさ」

「それは加速装置」

そのころの僕たちは学校から帰る時は校門で待ち合わせて、二人一緒で家に向かうことにしていた。

「さすが双子、仲良いこと」となぜか美しい景色でも見たかのように言う教師がいれば、「靴の一足！」と似た顔の一組を茶化すように言う同級生もいた。母親が面倒臭がっていつも大体同じ服を着させられていたせいでもあるかもしれない。いつだって二人一組と捉えられていた。素晴らしき兄弟愛！　と目を細める近隣住人もいた。みなが思うほど双子は、もう一方の相手を特別なものと思っていない。年の近い兄弟と同じだ。こちらからすれば、父の暴力と気まぐれに支配された家に一人で帰るのが恐ろしかっただけだった。うっかり先に帰宅したところ、「おまえは優《ゆう》我《が》と風我のどっちなんだよ。まったく同じ顔をして、気持ち悪い」と叩かれたことは何度かあった。二人一緒にいたところで、「気持ち悪い」と蹴られることもあるが、苦しみを共有できる分、一人よりは二人でいるほうがよっぽどマシだった。

そう、共有、僕たちが持っていた唯一の武器は、「共有」だったに違いない。その武器のおかげだけで、生き延びてきたようなものだ。

国語の時間で起きたことは、風我にとっては算数の時間だったが、給食の時も起きた。その後も、だ。

「優我、俺は分かったよ」風我が自慢げに言った時、何を続けるのかは予想できた。

「そうだよ、二時間置きだ」

「何だよ」

「それくらいは分かる」十時過ぎに起きたことは十二時過ぎに再び発生し、十四時過ぎと続いた。

「今何時かな」

彼の言いたいことは想像がつく。次の十六時過ぎを気にしているのだ。その時の僕たちは、実験、という言葉もよく知らなかったかもしれないが、とにかく、もう一度、アレが起きるのなら今度は待ち構えて、試してみようとは思いついた。

仕事のある曜日のはずだったけれど、アパートに帰ると母がいた。そういう時の母はたいがい不機嫌で、おそらくパート先で何らかのトラブルがあったのか、もしくは父の都合で半ば強制的に帰ってくることになったのか、とにかく僕たちは居心《いごこ》地《ち》が悪かった。その日もそうで、ただいま、と帰ったところ、「どうして帰ってきたの？」と言わんばかりの目つきで見られたのを覚えている。

ここに帰ってくるしかないのだ。

僕と風我はランドセルを置くと、目覚まし時計を近くに持ってきた。

確か、十六時過ぎまでは三十分以上あって、ほっとするような、待ち遠しいような気持ちで、そわそわしていた。と思う。記憶は思い出した時に加工される、と聞いたことがある。この、僕たちの最初の実験は、その後、何度も何度も思い出すことになったから、その時の場面が事実なのか、もしくは誇張や変更の加わったものなのかは、判別がつかない。

具体的な相談はしなかった。

ただ十六時となったあたりで、風我はテレビのある部屋に移動した。もし想像通りのことが起きるのだとすれば、できるだけ離れた場所にいたほうが分かりやすいからだ。

どうせならば、明確に離れた場所、風我とは隔絶されたところにいたほうがいい、とトイレに入ることにした。

トイレの中では時間が分からない、と気づいたのは鍵をかけた後だったが、時すでに遅し、ここはしばらくじっとしているしかないと割り切った。

尿意を催し、我慢するよりは、と便座に腰かけ、用を足したが、今この瞬間、移動したら小便をまき散らすことになると気づき、慌てて排尿速度を上げた。ファスナーを上げ、ほっとした時にアレが起きた。ぴりぴりとした痺れ、と全身が包まれる感覚、そして視界に入る景色の切り替えだ。

前にはテレビ画面があり、僕は座っていた。

ひゃあ、と歓声を上げかけた。

トイレから風我が出てくる。笑いを抑えきれないといった顔で、目を輝かせて近づくと、「俺が流しておいたよ」と言った。

僕たちが喜びを共有するために握手をしたのは、これが初めてだったに違いない。

「優我、すごいよ。俺たちはすごい」

「双子だからかな」子供ながらに僕は、理屈や理由を求めていた。

「これ使って、どうにかできないかな」

「どうにか？」

「あいつを」

僕は人差し指を口に当てていた。あの男に聞かれたら、また痛くて苦しい目に遭う。家にいなくても気は抜けない。帰宅した途端に、「おまえたち、俺の悪口を言ってただろ」と恐ろしい声を発し、母や僕たちを殴り出したことは何度もあり、そのたびに、この男は出かけていると見せかけて部屋の床下にでも隠れていたのかと腹痛まじりに思った。あの男の悪口を、言葉にせず心の中で唱えることは、しょっちゅうだった。

それからどうなったか？

十八時過ぎ、二十時過ぎにも入れ替わりが起きた。風我は無邪気に喜んでいたけれど、僕は複雑な心境だった。二時間に一度、こんなことになっていたら慌ただしいことこの上ない、これはこれで面倒だ。

たぶん眠っている間にも、僕たちは位置の交換を行っていたのかもしれない。そう想像もしたが、小さな薄っぺらい布団で二人で眠っていたから、寝相が悪くてごろごろ動いているのと大差ないとも気づいた。

そして翌日になる。何も起きなかった。

日が変わると、僕と風我の居場所はまったく変わらなかったのだ。学校の教室で、来るぞ来るぞ、そろそろ入れ替わるぞ、とにやにやしながら待っていたにもかかわらず、僕は自分の席からぴくりとも移動しなかった。時計を何度も確認し、十時台が駄目でも十二時には、十二時に発生しなくても十四時ならどうだ、たぶん、遅れているんだ、時計がずれているんだ、と自分に言い聞かせるようにしていた。何も起きなかった。休み時間のたびに教室と教室のあいだで風我と顔を見合わせ、首をひねった。帰宅後も同様だった。僕たちはいつになく落ち着かず、意味もなくトイレに入っては出て、テレビを観ても気もそぞろ、という状態で、狭い布団で眠る直前まで望みは捨てなかった。

結局、入れ替わることはなかった。

「あれは夢だったのかな」風我は言い、僕は、「二人で同時に？　眠ってもいないのに？」と反論したが、もしかすると双子にはそういう性質があるのかもしれない、とも思った。

それきり忘れて、僕たちはまた、いつもの、いつも通りのひどい日々を過ごした。

「正確には、あれがひどいかどうかもよく分かっていなかったかもしれません。日常生活はああいうものだと思い込んでいましたから」

「ああいうもの」高杉は眉間にしわを寄せた。最初に僕が話した、父親から暴力を受けた話を思い出してくれたのだろう。

「ずっとでしたからね。気まぐれで殴ってくる父親と、見て見ぬふり、溜め息ばっかりの母親と。テレビでよく見る優しい親なんてのは、ファンタジーだと思ってました」

「ええと、さっきは詳しく聞かなかったけれど、そのサラダ油で逃げ出した時は」

「後から思えば、それが最初の、入れ替わりの記憶だった、ということですね」

「そうじゃなくて、父親からはその後、反撃されなかったのかい」

「されましたよ」当たり前じゃないですか、と答えたかった。あの男が、僕たちに出し抜かれて穏やかでいるわけがない。「ぬるぬるの体で逃げ出しましたけど、五歳に逃げ場なんてないですよ。家に帰るしかないんです」

あの男も何が起きたのか分からず、動転していただろうがそれ以上に、僕たちに対する怒りのほうが大きかった。油まみれで半裸の僕を持ち上げると、風呂場に駆け込み、湯船に思い切り、投げた。頭に激痛が走り、息もできなくなった途端、シャワーで水をかけられたのは覚えている。あとは忘れた、というよりも、そういった暴力は日常茶飯事だったから、別の日の、別の痛みや苦しさと混ざっている。同情なのか、不快感からか高杉は顔をしかめていた。もしかするとサディスティックな喜びを感じていた可能性もある。「それで？」と訊ねてきた。「その、入れ替わりはそれ以降、起きなかったわけ？　いったい何だったんだ」

「いえ、起きましたよ。だからこそ、ほら」と僕は、彼のパソコンを指差す。「さっきの映像は、僕と弟が入れ替わった場面です。それを確認しに来たんですよね？」

高杉は顔を引き攣《つ》らせた。「いや、まさか」

確かに、このトイレの盗撮映像に映った人物は一瞬にして急に立ち上がり、突如、顔には絆創膏が出現した。映像が加工されていないのなら、どうやっているのか疑問だ。だから君のもとに来た。面白い話が聞けたらテレビの企画に使うつもりだった。けれど、双子が空間を飛び越え、入れ替わった瞬間が映っていたのだとは想定外のさらに外だ、と彼は言った。

「想定外の外」その表現が気になり、僕も言ってしまう。想定外の外とはいったいどこなのか。「どこまで話しましたっけ」

「次の日も起きると期待していたが、起きなかった、と」

「瞬間移動が」わざわざ、少年漫画に出てくるような言葉を選んでしまう。どうせ信じてもらえないだろう、という思いと、相手に強く印象付けたい思いからだ。「ただ、忘れた頃に、また起きたんです」

「瞬間移動が？」

僕はうなずく。

その時もまた学校だった。体育の授業で僕は校庭にいた。鉄棒で足かけ前回りだか、後ろ回りだかをやるために、先生の話を聞いていたような気がする。広尾《ひろお》がお手本をやっていた。バレーボールのチームに所属しており、運動神経の良い、学校でも目立つ存在だった。髪がさらさらなものだから風我はよく、「あいつ絶対、リンス使ってるぜ。恰好つけやがって」とぶつくさ言った。自分たち以外の大半がリンスを使っている、と知るのはもっと先のことだった。いとも簡単にぐるっと回ってみせ、「こんなの簡単です」と例によって、すかしたことを言った。記憶ははっきりしないが、たぶん間違いない。広尾はいつだってすかしていたから。もう一つ覚えているのは、僕の前で、ワタボコリがいつものように恥をかいていたことだ。

綿埃《わたぼこり》？　そんな名前あるのか？

高杉はいちいち細かいことを気にかけてくる。少しだけむっとしながら、「本名は覚えてないです。ワタボコリは綽名《あだな》だったんですけど」と話す。

「綿埃を食ったから、綿埃と呼ばれるようになったわけじゃないだろ」

「それしかないじゃないですか」僕は面倒なので、ぶっきらぼうに答える。

ワタボコリの、しゃもじのような、薄っぺらい上に青白い顔を思い出す。無口で、登校から下校までほとんど誰とも話さず、教室の隅で本を読んでいるだけで、クラスから浮いていた。沈んでいた、と言うべきだろうか。小学生の僕はただ、同級生に蔑《ないがし》ろにされる彼を、「もう少し抵抗すればいいのに」と眺めていた。

とにかく鉄棒からワタボコリが落ち、同級生が笑い、広尾がわざと砂をかけた時だったはずだ。

あの感覚が、アレが、襲ってきた。皮膚がぶるぶる、ぴりぴりと震え、薄膜で包まれる。

はっと気づいた時には、僕は教室の中だ。

僕を迎えたのは、どっと沸く笑い声で、その唐突な声の破裂に飛び上がるほど驚いた。

「風我君、何で、体育の恰好してるの！」当時の先生、僕ではなく隣の、風我のクラスの担任教師が目を丸くし、指差してきた。「いつの間に？」「瞬間芸！」とやかましい。

また起きたのだ。反射的に見た時計は十時十分を指していた。

その授業の後で合流した風我は、瞳をきらきらとさせていた。「起きた」「うん、アレが起きた。また」

彼は彼で、私服の姿で鉄棒前に立つことになり、同級生たちに驚愕《きょうがく》されたようで、「いつの間に着替えたのか」と先生に呆れられたという。

そして、その日、二時間ごとに瞬間移動、瞬間的な入れ替わりは発生したのだ。

「これはいよいよ、本当にゲットしたな」風我が言ったのは、寝る直前だ。

「だけど、これはこれで面倒だよ。困る」トイレにいる時にアレが起きたら、大事なテレビを観ている途中で移動することになったら、腹いっぱいに食べた後に風我の分まで食べるような状況になったら、と様々なケースが思い浮かび、これは少々、というよりもかなり、大変なことだぞ、と心配と鬱陶しさのほうが強かった。

「優我、何とかなるって」彼はいつも通り、楽観的だった。「双子はみんなこういうの、慣れているんだって」

「双子はみんな、こうなのか」

「じゃないの？」

そして翌日、また何も起きない。僕は安堵《あんど》し、風我はむくれた。

「いったいどういうことなんだ。不定期に？」高杉が首をかしげる。僕のこの話をどこまで真面目《まじめ》に受け取ってくれているのか不明だが、興味は抱いている。

「誕生日」

「え？」

「確か中学に入った時だと思うんですけど、風我がその説を提唱、提唱っていうと大袈裟ですけど、とにかく言い出したんです。僕たちのアレは一年に一度、誕生日にだけ起きるんじゃないか、って」

高杉がそこでパソコンの画面を自らのほうに向け、じっと顔を近づけた。ええと、九月六日？　と言う。そのファストフード店での録画日時を確認したのだろう。

「公式的には、十月十日ですけど」

「誕生日に公式や非公式？」

「両親が出生届を出さなくちゃいけない、と知ったのが十月に入ってからだったんだと思います」

生まれたのいつだった？　覚えやすいから十月十日でいいか。

高杉はこちらを馬鹿にする顔になった。「出生届を出すには、出生証明書が必要だ。医師や助産師の」

「うちの母親、家で産んだんですよ。お金ないし、たぶん、ちゃんと定期健診も受けていなかったんじゃないですかね」僕は言う。このあたりのことは、感情を込めずに話すのが吉だ。自分の親がどこまで一般的なのか自信がないだけに、どう伝えたらいいのかが分からない。「とにかく、僕たちの誕生日が十月十日じゃない可能性はあります。ただ、ひとつ大事な証言が」

「証言？」

「あの男が」と言ってから僕は、「父親が」と言い直す。「よく言ってたんですよ、昔から。おまえたちは二時間ずれて生まれてきた、と」

正しくは、「片方が早く生まれてこないから、大変だったんだよ。二時間だぞ、二時間。映画観に行けたっての」という具合だった。母の出産は、あのアパートでの緊急的なもので、父親は間違いなくその場にいなかったはずだ。さも自分が一緒にいたかのような言い方は例によって嘘だろう。ただ、母から、「二時間」については聞いていた可能性がある。僕と風我は二時間ずれて生まれてきたのだ、と。

「だから、アレが起きる間隔が二時間なのも、それが理由じゃないか、と」僕は言う。

「二時間ずれて生まれてきた双子が、二時間置きに、瞬間移動を？」高杉はさすがに鼻白んでいた。

「どっちが先に生まれてきたのか、出てきたのか、母は分かっていないですよ。自宅出産でそれどころじゃなかったでしょうし。だから、僕を兄に、風我を弟にしましたけど、それは便宜上です」

もしかすると、俺のほうが先だったかもしれない。風我は言った。それはもう誰にも分からない。だから、つじつまを合わせるために、誕生日は二時間おきにシャッフルしたくなったんじゃないか？　高校生くらいの時に、風我が言ったことがある。

どっちが先に生まれたのか、どっちが兄でどっちが弟なのか、すでに正解が分からなくなってしまったから、誕生日になると二時間ごとに交換して、帳尻を合わせたくなるのではないか。

帳尻合わせが必要なのか。そもそも、誰の都合なのか。などなど疑問はいくつもあったが、風我の考えにも一理あるようには思えた。

とにかくそれ以来、毎年誕生日になると僕と風我は、この、瞬間的な入れ替え移動を体験することになった。

「アレが起きる日が誕生日、と特定されているのは都合が良かったです」

「どうして？」

「準備ができるからですよ。前日、瞬間移動が起きる時に、どういったことを試すべきか、何に気を付けるべきか、を二人で話し合えるじゃないですか。試行錯誤というんですかね。それを繰り返してルールを決めたり」

「ルール？」

「最初にできたのは二つでした」

「その時間になったら、女性と抱き合うのをやめたほうがいい」高杉はその整った顔を崩さず、女性を抱く時にもその冷たい目のままなのだろう、と想像させる冷たい表情で、言った。

「それはもう少し後になって、できたルールです」

「ふうん」

「誕生日は極力同じ服を着ること。そして、アレが起きる時間になったら、なるべく人目につかないところに退避すること。ベストはトイレの個室です」

なるほど、と言う高杉はこちらの話に関心を持ってくれているのかどうかも定かではなかった。スマートフォンを触り、メールのチェックを行ってもいる。それからふいに、「あ、そういえば、ボウリングのボール、いいのか？」とも言った。

「え」

「電車に置きっぱなしだったんだろ。連絡しなくていいのか」

「どこにかければいいんですか」

「仙台駅に連絡すれば遺失物係がある」

僕は、駅員がボウリングバッグを持ち、「よりによって、何でこんな重い物を」と嘆きながら保管場所に運ぶ姿を想像してしまう。「いや、いいですよ。どうにかなります」

今はそれどころではない。


僕たちの瞬間的な移動は、あっという間のこととはいえ、もちろん入れ替わっているのは間違いなく、だから周囲の人からすれば、明らかに違和感があるだろうとは思った。まったく同じ姿勢で、入れ替わるわけではない。位置は同じだが、たとえば自分が立っていたなら移動後も立ったまま、座っていたのなら座ったままとなる。つまり、立っていた僕が、座り姿勢の風我と入れ替わるのを眺める人からすれば、立っていた男が急に座った、というように見えるはずだ。実際、最初の学校内での移動の時は、そうだった。黒板の前で、僕は座っていた。

何度か試しているうちに、明らかになったのは、僕たちにアレが起きる時、僕たちが跳ぶ時には、まわりの人間たちは一瞬、動きが止まるということだった。通常であればまったく気づかない程度で、録画してコマ送りにするとかろうじて把握できるほどなのだが、静止する。中学三年の誕生日、風我がどこからか借りてきたビデオカメラで、実験や分析をした時に判明した。だから、僕たちが物理的に、消えて出現するその瞬間は見えていないのかもしれない。

動物も静止する。犬や猫がいる場合、録画再生した映像では、彼らも止まった。

無機物は止まらない。

はじめはそのことを大きなこととは認識していなかった。なるほど生き物以外は瞬間静止はしないのだな、そりゃそうか、と理解しただけだったが、やがてそれは深刻な問題を孕《はら》んでいることに気づいた。

僕がタクシーに乗っていたとする。走行中にアレが起きて、僕が跳び、風我と入れ替わる。その瞬間、運転手は静止する。けれど、車や周りの走行車両は動いたままだ。運転手の静止は本当に僅かな、一秒をさらに細かく刻んだような微《かす》かな時間ではあるが、ほんの一瞬のよそ見で事故が起きるのが、自動車だ。

僕たちはできる限り、跳ぶ時間にはトイレに入る、と決めていたものの、もしそれが無理な時も、車に乗るのはできるだけ避けようと申し合わせていた。

何より、自身が運転することが恐ろしかった。運転中の風我と入れ替わったとして、瞬間的に、ハンドルやアクセルに手足をやり、その場の状況に合わせて操作する自信などなかったからだ。

そのため、高校卒業後に運転免許は取得したものの、ほとんどペーパードライバーだった。

僕たちは様々なことを試した。

一年に一度きり、しかも二時間に一度しかチャンスはないものだから、かなり計画的に、「試すこと／確認すること」を決め、それらを一つずつ検証した。

相手がいた所とほぼ同じ場所に跳ぶ。先にも述べたように、場所は同じだが姿勢まで一緒ではない。

持っている物も一緒に跳ぶ。コーヒーカップを持っていれば、飲み物ごと移動するが、入れ替わった直後にたいがいこぼれてしまう。

体を柱に縛り付けていても跳ぶ。跳んできて入れ替わったほうは、別段、縛られてはいない。移動しないように、と何かにつかまっていても無駄だった。

それが何の役に立つのか？

と訊ねてくる人もいるかもしれない。そんな移動に意味があるの？　と。知らない。僕たちはそう答えるしかないだろう。

特定の花粉が増えれば、くしゃみや鼻水に悩まされるように、これは、否応《いやおう》なく起きてしまう、体の性質のようなものだった。慣れて、折り合いをつけ、それを前提に生きていくしかないのだ。

　とはいえ僕と風我にとって、これは大きな力だった。

　暴力を振るい、怒鳴る父親と、その父親に言いなりで自分を守ることで精いっぱいの母親、狭く古いアパート、同じ食事に同じ服、二人で分け合う文房具、ゲームなしスマートフォンなし、といった日々は、暗い気持ちになることばかりで、僕たちからすればそれは当たり前のデフォルト値のようなものだったが、そんな中、一年に一度とはいえ、他人とは異なる特別なことができる、ということは精神的な救いだった。

　誕生日を心待ちにし、指折り数える思いで、前日には風我と、「何をやるか」と興奮しながら計画した。あの誕生日があったからこそ、どうにか生きてこられたと言ってもいい。

　小学校二年から意識した、僕たちの特殊な誕生日は、あれから十数回訪れた。約束事も増えた。入れ替わった先では、本来そこにいる人物になりきること。たとえば、僕が風我のところに行った時は、あくまでも風我として振る舞う。逆もそうだ。じゃなければややこしくなる。そして、そこで経験したことはできるだけ報告すること。

　今までの誕生日では、奇妙な体験や、愉快なこと、不愉快なこと、恐ろしいことがあった。

　そのうちのいくつかを話そうと思う。

　まずは、同級生、ワタボコリに関わることから。

　ワタボコリが同級生内の階層でもっとも下位にいるのは、明らかだった。色褪《いろあ》せた、何千回洗ったんだよ、と言いたくなるような私服を着て、いつ買ったんだよ、と訊ねたくなるような古い文房具を使っていた。僕たちの家だって、裕福や豊かさといったこととは遠く、着ているものだってぼろかったけれど、ワタボコリのような下層に属していなかったのは、おそらく、同級生との交流がそれなりにあったからだろう。僕には勉強が、風我には運動が、と得意分野が明確だったことも理由の一つに違いない。ワタボコリは何もなかった。無口な上に、まわりに打ち解けようとする気配もなく、本を読んでばかりだった。無害といえば無害だが、その無害さと大人しさに付け込む人間もいる。

　広尾智也《ともや》がそうだ。

　鉄棒の話の時にも出てきた、風我曰《いわ》く「リンス使ってるぜ」の、広尾だ。

クラスの中心人物、学級内カーストにおけるバラモン的ポジションとも言える彼は、日々の学校生活をエンジョイしているように見え、まさに僕たちやワタボコリの対極を生きている存在だった。いつだって友達に囲まれ、女子との交流も活発で、教師からも信頼を得ていた。

「広尾の家、見たことあるか？」いつだったか風我が、怪訝《けげん》そうに言ってきた。

「うちのアパート全部が入っちゃうような、でかさだったぞ」

「でかけりゃいいってもんじゃないよ」僕は言ったがそれはもちろん、負け惜しみだ。我が家は狭い上に、最低の環境だったのだから、勝っている要素は一つもない。

「あいつの父親、何してるんだっけ」

「たくさんビルを持ってるんだ」

ビルを持っていることがどうしてお金持ちに繋《つな》がるのか、当時の僕は理解していなかったけれど、ビル持ちならビルくらい大きい自宅を持っていてもおかしくはないだろう、と単純に受け止めていた。

広尾は、ワタボコリによく、ちょっかいを出していた。埃を食べろと命じたら本当に食べた、だとか、女子トイレに閉じ込めてやった、だとか、広尾が武勇伝よろしく話し、それを面白がる同級生が、彼のまわりには集まった。

閉鎖空間かつ暇、これがいじめの発生する要因だと以前、記事で読んだが、まさに学校はそういった場所に他ならない。

広尾は将来の大学受験まで見据え、有名な進学塾に通っており、公立小の授業などは馬鹿にして退屈そうだったから、暇潰しを兼ねつつ、自分のポジションがより良くなるような、安易な遊びのつもりで、ワタボコリへのからかいを増強したのだろう。

机に座っているだけのワタボコリに、わざとぶつかったり、荷物を隠したりするのは日課の如《ごと》く行われ、いわゆる、学校のいじめ事案で取り上げられる意地悪は、ほとんどやっていたのだと思う。

僕と風我は、その、ワタボコリいじめに関与しなかったが、とくに同情もしなかった。風我は、「何されても、怒りもしないでぼうっとしているんだから、あれは自業自得だ」と批判的だった。

自業自得とは全然違う。

僕は反論した。ワタボコリは別に迷惑をかけていない。ただそこにいるだけで、攻撃されているんだから、とばっちりもいいところだ。

とはいえ僕も、ワタボコリに同情する気持ちは皆無だった。自分たちの日々の生活、家での緊張感と暴力に耐えるのに精いっぱいで、他人を心配している場合ではなかった。

中学に入って、ワタボコリのことに関わることになったのは、たまたまその時に、彼に会ってしまったからに他ならない。

中学二年の時だ。

僕たちはサッカー部に属していた。風我に比べて僕は運動が得意ではなかったけれど、二人で一緒にボールを蹴り合うのは好きだった。部活動がない土日は、朝から二人で家を出て、夜まで外で時間を潰した。あの家にはできる限りいたくない。小学校の頃は、家にいざるを得ないと思い込んでいたものの、中学に入ってからは、文句を言われようが外出してしまえばこっちのものだと分かった。

さらには、いい働き口も見つけた。

若林《わかばやし》区にあるリサイクル業者だ。「リサイクルショップ」という抽象的な看板しか掲げていない店舗は胡散臭《うさんくさ》く、それ以上に店主である女性も素性不詳で胡散臭かった。彼女は愛想がなく、「偏屈」と呼ばれた際に自ら「偏屈だとか、岩窟だとか」と語呂を楽しむように洩らしていたのを聞いたことから、僕たちは、「岩窟おばさん」と呼んだ。岩窟おばさんはリサイクル業に必要な古物商許可証も持っていなかったらしいから、ちゃんとしたお店ではなかったのだろう。

ちゃんとしていようがいまいが、そこで働くことは僕たちにとってはありがたかった。岩窟おばさんの運転するトラックに乗り、不用品を回収して回る。体を動かし、その対価に小遣いをもらうのは、精神衛生上好ましかった。お客から礼を言われることもある。家では考えられないことだ。不愛想とはいえ、岩窟おばさんは怖くはなく、初めは、中学生で肉体労働を志願する双子に警戒心を抱いていたのかもしれないが、それでも正式なスタッフとして扱ってくれた。

おばさんからしても、僕たちは都合のいい労力だったのだろう。安いし、動ける。はい行くよ、であるとか、これとこれ運んで、であるとか、おつかれ、であるとか岩窟おばさんは事務的なことを話すだけだったものの、時には雑談や軽口も発した。ある時ふいに風我を指差し、「フーが?」と言い、その後、僕を指して、「ユーが」とぼそぼそ言ったこともあった。Whoが? Youが。それまでも僕たちの名前を用いた駄洒落《だじゃれ》や言葉遊びは、よくぶつけられた。音楽用語の「フーガ」と重ねる教師がいたり、昔のアニメに出てくる双子、二神風雷拳の使い手の名前を挙げる者もいた。ただ、英語バージョンは初めてで、今でも記憶しているということは、それなりに面白く感じたのだろう。

話が逸れた。何の話だったか。

そうだ、ワタボコリだ。

その日も僕たちは、リサイクルショップでの労働を終え、自宅アパートへの帰路を、気が進まない思いで、牛歩戦術とまではいかないまでも、のろのろと歩いていた。

「何だよそれ」

風我が手に持つ、ぬいぐるみが気になる。バスケットボールほどの大きさだろう

か。コンビニの袋をつかむかのように、粗雑に持っている。

「シロクマだ。おばさんの店に落ちていた」

「シロというより赤だ」確かに元々は白かったのかもしれないが、黒く汚れている

のはまだしも、顔の部分をはじめ、あちこちが赤色に染まっていた。「絵の具?」

風我は目の前にそれを掲げる。赤色は濃淡があり、乾燥しているせいか、あちこ

ちが毛羽立っていた。「血っぽい」

「何だよそれは」と言いながらも、確かにそのぬいぐるみの赤色は、血が固まった

ものに見え、不気味だった。

「こいつが流した血ではないだろうな」シロクマに目をやり、風我は、「痛いとこ

ろはないでちゅか」などとふざけている。

「どうするんだよ、それ」

「気味が悪いからどこかで捨てろって、おばさんに言われたんだ」

「早く捨てろよ」

「捨てる場所を探してるんだよ。そのへんに捨てたら、結局、おばさんが拾ってくる」

さすがにそんなことはないだろうが、と僕は笑う。風我がぬいぐるみをつかみ、何かを抜き差ししているのに気づいた。「何だよそれは」と再度訊ねる。

「ああ、これ。釘《くぎ》」

「釘?」いくらぬいぐるみとはいえ、釘で刺すとは胸が痛まないのか。嫌悪感が湧く。何が、痛いところはないでちゅか、だ。そこが、痛いところに決まってまちゅよ。

「もとから刺さってたんだよ。穴が空いてるのか抜くと中から、綿が出てくる。蓋みたいなものかもな」

「釘を刺したから穴が空いたんじゃないのか。釘が刺さっている上に、血塗れなんて、怖いだろ」

学区内の新しい住宅地に、高層の集合住宅が二棟あるのだが、そのマンションの敷地内を横切った。同級生も多く住んでおり、そこで誰かに会えば時間を潰せるからだ。特別、仲の良い友達などおらず、どの友人とも表層的な「クラスメイト」としての関係を維持しているだけだったが、あの暗黒の自宅とは別の世界と触れ合っていることは、大事だった。

「おい、あれワタボコリ」風我が言ったのは、マンションの脇を見ながらだった。

エントランスとは別方向に、プレハブがある。分譲時にデベロッパーが使っていたものかもしれない。その裏手に、数人の少年がすっと消えた。僕たちと同じ中学生だとは分かったが、誰かまでは見えなかった。

「今の、ワタボコリだよな。休みの日にも大変だな」風我には把握できたらしい。

「ワタボコリの家、ここだっけ？」

「ここは、ブルジョア住宅地だ。あいつんところはたぶんもっとボロいだろ」

俺たちと一緒で。あえて口に出す必要もない。ブルジョアという言葉を正確に知っていたわけではないが、自分たち以外の大半は、僕たちからすれば、ブルジョアジーだ。資産的にも、精神的にも富んでいるのだろう。

ワタボコリへのシンパシーは皆無だったが、僕たちは、プレハブの裏側を覗きに行った。単に、家に帰る時間を遅くしたいだけだった。理由などなくても、二人で時間を潰せれば良く、そうしていたことも多かったのだが、理由や目的なく時間稼ぎをするのはそれなりに退屈を伴う。帰らなくてもいい口実を、いつだって探していた。

プレハブに隠れながら様子を窺《うかが》うと、確かにワタボコリがいた。ピザの配達人よろしく両手に箱を抱えていた。足元には、大型家電量販店の紙袋があったから、中から取り出したのだろう。

ワタボコリの前には少年が三人、いた。同級生の、バラモン広尾とその仲間たちだ。

「休みの日なんだし、学校の外でくらい放っておいてやればいいのにな」風我が呆れるように言う。

「ばったり会っちゃったんだろう」

「ワタボコリが持ってる箱、あれ、何だ？」

「パソコンかな」

箱に、メーカー名とともに「ノート」という文字がかろうじて見える。

と思ったところ広尾がその箱を奪い取るようにした。あまりに素早かったものだから、ワタボコリもなされるがままで、返してくれ、と慌てて、手を出す。

「ショックだ」風我がぼそっと洩らす。

「何が」

「パソコン買えるなんて、あいつ、実は金持ちだったんだな。騙《だま》しやがって」

別に騙していたつもりはないだろう。「それかもしかすると、あれは超がんばって、手に入れたものかもしれない」

「超がんばって？　盗んできたってのか？」

僕たちだったらやるかもしれないが、ワタボコリはそういうタイプではないだろう。「必死に金を貯《た》めたとか」

なるほど、と風我は言う。「それをああやって、広尾に奪われちゃうわけか」

「どうだろう」さすがに、あれを奪ったら広尾の立場は、分かりやすい強奪者となる。そもそも、広尾は金に困ってはいないだろうから、リスクを冒してあのパソコンを手に入れる必要はない。「俺が広尾だったら」と僕が言うと風我も、「落として、わざと壊すかもな」と答えた。

僕たちの予想は当たった。音がしたかと思うと広尾の足元に箱が落ちている。「手が滑っちゃった」というわざとらしい声がし、ほかの二人の追従笑いが風でそよぐ草むらの如く聞こえた。普段、ほとんど言葉を発しないワタボコリもさすがに、小さな呻《うめ》き声を発し、慌てて箱を拾いあげようとしたが、そこに広尾が、「足が滑った」と下らない台詞《せりふ》を口にし、下がったワタボコリの頭を蹴った。中学受験に失敗したせいだろうか、広尾の攻撃性は小学校の時よりも増していた。

「いいようにやられて」風我は笑ったが、僕は笑わなかった。

ワタボコリがどうなろうと知ったことではない。ただ、広尾たちには腹が立つ。

僕の心の波には敏感な風我はすぐに、「優我、弱い者いじめは良くない、なんて思ってるんじゃないだろうな」と言ってきた。

何を思おうとこちらの自由ではないか。「そういうんじゃない。ワタボコリはどうでもいい」今の状況が嫌なら自分でどうにかしろ。「ただ、力で好き勝手する、偉そうな奴《やつ》を見てると」

「広尾、そんなに力はないぜ」バレーボール部に所属し、活躍していたが、筋力的な面では、図抜けてはいなかった。

「腕力だけじゃなくて、いろんな力があるだろ」

資金力や権力、人数差、立ち回り力など、他者より優位に立つ力はいくらでもある。

ああ、確かにそうだな。

風我の声が急に冷たくなった。それまでの無責任さが減り、引き締まった口調だ。理由は分かる。力で弱い者を支配する人間は、うちにもいる。あの男だ。恐ろしくも憎しみの対象である男と、広尾が重なったのだろう。

「ワタボコリを助ける気にはなれないが」風我の手にはいつの間にか石が握られていた。

「おい、風我」

「誰かを支配しようって奴は気に入らない」と言った時には振りかぶっている。左手につかんだぬいぐるみが、ぶらんぶらんと揺れていた。

おい、と言った僕も果たして本心から止めたかったのかどうか、自分でも分からない。

風我はこういう際、後先を考えない。今のことだけ、現在進行形で生きている。言いながら気づいたけれど、一方の僕は、たぶん、過去と未来のことばかり気にしている。風我が興味を抱かないところを、きょろきょろ窺い、警戒するのが役割なのかもしれない。たぶん、僕が風我よりも先に死んでも、風我やその先のことが心配で、どこからか眺めていないと気が済まないだろう。逆に風我が先に死んだら、「あとは優我、せいぜい楽しく生きるんだぞ」とさっさと消えるのではないか。僕の弟は僕よりも結構、元気です。とは風我のことを説明する時によく口にした台詞だ。いつだって彼が僕を引っ張っていく。

甲高い悲鳴を広尾があげた。石が見事、後頭部に当たったのだ。

よし、と喜んでいる場合ではない。風我は喜んでいたが、僕はすぐに彼を引っ張り、うしろへと駆けた。

おい誰だよ！　と彼らが叫び、駆けてくる音がする。

焦りで足が絡まりそうになる。怖かったのは彼らのことではない。家にいるあの男以上に怖い人間がいるはずがないのだ。面倒なことになるのが嫌だっただけだ。同じ学校の同じクラスの者たちとぶつかり合って、得はない。損だけだ。学校でくらいは、穏やかに過ごしたいではないか。

風我もほとんど笑いながらではあったが、例の血塗れぬいぐるみをぶんぶん振り回しながら、懸命に走ってくれ、マンションのエントランスの中に入ることができた。

腰に手をやり、息を整えた後で、「石は危ないだろ」と注意する。「しかも頭だなんて」

大丈夫大丈夫、と風我は答えながらも、愉快気に笑っている。あいつの悲鳴、聞いたか？　後ろから狙われてるとは思わなかったんだろうな。一瞬、動きが止まってたよな。

「そりゃ、誰だって」

「いい気味だよ」

「だけど、あれで何か変わるわけでもない」広尾が反省するはずがなく、ワタボコリへの嫌がらせをやめるきっかけにもならないだろう。

「いいんだよ、別に。俺たちがすっきりすれば」

俺たち、と一緒にくくられても困るが、否定する気にもなれない。

エントランスを出たところで、きょろきょろしながらうろつく広尾たちに会った。

あ、と向こうが言うより先に風我が、「おお、どうしたんだよ、怖い顔して」と言った。よくもまあ、しゃあしゃあと、といったところだが僕も合わせるほかない。

「何かあったのか?」

どうしたんだよ、頭に石がぶつかったような顔して。風我はそう言いたいのを我慢している。

「石を投げてきた奴がいるんだ」広尾が後頭部に手を当てている。

「まじかよ。見せてみろ」風我は眉をひそめ、それは笑いをこらえているのだろうが、広尾の背後にまわり、「うわあ、血が出てるじゃねえか。誰がやったんだ」と同情の声を出した。それから僕を引っ張るようにし、「じゃあな」とその場を後にした。

マンションの敷地を出るところで、ワタボコリがいた。例の、家電量販店の袋を持っている。

「おお、何だよそれ」風我がわざとらしく声をかけた。「パソコンか?」と、ぬいぐるみを使って指差した。

ワタボコリは風我を見た後で、僕に一瞥《いちべつ》をくれる。不気味な、赤いシロクマには触れなかった。

「何だよ、どっちがどっちか混乱した? ええと、こっちが優我で、あっちが風我」

嘘つけ、と僕が指摘するより先にワタボコリが、「逆だよね」とぼそぼそ言った。

「分かるのか」

僕と風我の外見はほとんど同じで、ホクロや傷のようなヒントもほとんどないため、ぱっと見たところでは区別が難しい。

「喋り方」ワタボコリはぶっきらぼうに言う。

「適当なこと言うなよ。お前と喋ったことなんてほとんどないだろ。まあ、でも当たりだ。俺が運動得意な風我君で、こっちが勉強得意な優我君」

僕の弟は、僕よりも結構、元気。そのフレーズが頭をよぎる。

「それって思い込みでしょ」

「何だよそれ」

「一卵性双生児は遺伝子構造が同じなんだし、運動も勉強も基本的には遺伝子の影響が大きいんだから。どっちかが運動できるなら、もう一人もできるよ。単に、思い込んでいるだけじゃないかな。無意識に、二人の差異を作ろうとしているんじゃないの」

僕は、「へえ」と言っている。「結構喋るんだ。ワタボコリ」

「それ、名前じゃないからね」

しばらく歩いていると、ランドセルを背負った少女がいた。道の端に立ち、周囲を見渡し、どこへ行こうか悩んでいる様子で、ワタボコリも僕も、その少女を横目で見ながら通り過ぎようとした。話しかけたのは、風我だった。他人に関心など持たないだろうに、「何してんだよ」と話しかけていたから意外だった。

後になって訊《き》いても風我は、「気まぐれだった」と言い、「声なんてかけなければ良かった」と嘆いた。まさにその通りだった。僕たちは、その少女とのほんのわずかなやり取りが自分の人生の下地として、ずっと残り続けるとは想像もしていなかった。

少女は、「お母さんと喧嘩《けんか》して、家を出てきた」と話した。

「ランドセルを背負って？」

「明日、学校には行きたいから」ハキハキと喋る様子は、どこか大人びていた。

「というか、構わないで。ロリコン？」

その物言いにかちんと来たわけでもなかったのだろうが、風我は、「これあげるよ」と持っていた、赤いシロクマぬいぐるみを押し付けた。

少女ははじめ、可愛《かわい》いシロクマのぬいぐるみなら、と受け取ったが、その不自然なほどの、流血じみた赤色に気づくと、悲鳴を上げた。ぬいぐるみを落とした。

「ちゃんと、持っていろって。おまもりになるから」

「おまもり？　これが？」

「怖いことがあっても、こいつが守ってくれる。魔法の、ぬいぐるみ」

「これが？」

「普通のぬいぐるみと違うだろ。みんなの怖いことを引き受けてくれてるから、こんなぼろぼろになっているんだよ。身代わりだ」口から出まかせを吐きながら、風我は笑いをこらえていた。

少し先へ行き、振り返ると少女は、ぬいぐるみを抱え、どうしたものか悩んでいた。

「まったくふざけたことを」僕が注意しても、風我は気にした様子はなく、高らかに笑う。自分たちよりも弱い立場の者をいじめる趣味はなかったが、風我も日ごろのくしゃくしゃした思いを発散させてしまったのかもしれない。

僕自身も、戻って少女に声をかけようとまでは思わなかった。何より面倒だ。まさか、その後、ずっとその時のことを、悔恨の思いとともに抱くことになるとは。

「パソコンは無事だったのか？」風我が言う。

ワタボコリが黙り、少ししてから僕を見た。

「さっき、広尾たちに囲まれてただろ」

「会いたくない相手に、会いたくないタイミングで会う」

「会いたくない相手が自分ちにいるのもきついものがあるけどな」

僕の言葉に、ワタボコリがまた視線を寄越したが、特に何を言うでもなかった。

「おまえさ、このままやられっぱなしでいいのかよ」

「やられてるわけじゃない」

「やられてるだろ。というか、おまえ、パソコン買ったりして、ブルジョアだったのか。騙してたな」

「騙すって何が。これはやっと買えたんだから。持っているお金、全部使って」

「壊れてたらあいつらに弁償してもらえよ」

「そんなこと」

「泣き寝入りか」僕は言う。その頃、風我とのあいだでよく口にする言い回しだった。

「弁償してくれるわけがないし、面倒になるだけだから」

まあ、そうかも。と理解する自分がいた。けど、やられっぱなしってのも悔しくないか。そう言うとワタボコリは、僕と風我を交互に見て、「常盤君たちは、二人だからだよ」と言った。

「二人だから、って何だよ」風我はむっとし、言い返したが、僕は、まあそうかも、とまた思った。二人だから乗り切れることはある。

「ワタボコリ、おまえは面倒臭がって、人と喋ろうとしない。それは良くねえぞ」

風我が指差す。

「いいんだよ。別に人と喋らないでも生きていける」

「もちろん喋らなくても生きてはいけるけどな、人とやり取りしなくちゃいけない場面は結構あるんだよ。将来、タクシーに乗って運転手に話しかけられたらどうするんだよ」

「どうにでもなるでしょ。別に喋らなければいい」


家に帰ると、父親が不機嫌だった。おそらく、懇《ねんご》ろになろうとしていた女に冷たくされたとか、そういう理由だ。別段、珍しいことではなかったのだが、いつになく攻撃的だったのは覚えている。

僕たちが観ていたテレビの電源を消し、「何を下らないものを観てんだよ」と難癖をつけてきた。僕と風我は何も言わず、その場を立ち、離れた場所で漫画本を読み始めた。拾ってきたものだから、巻数はばらばらの、おそらく、『タッチ』か『ラフ』だったのではなかったか。僕たちの、苦痛と恐怖に満ちた日常と、あだち充《みつる》の描く世界とはずいぶん差があり、それこそ、『指輪物語』じみたファンタジーのようなもので、逃げ込みたくなる場所の一つだった。

すると父がその漫画本をつかんで、投げた。「おい、おまえたち、話聞いてるのかよ」と蹴った。蹴られたのは風我だったが、自分が蹴られた感覚がある。

風我ががばっと立ち上がり、父親の前に立つ。

「何だよ、ガキが、やるのかよ」

あの男は、父は、屈強だった。身体を動かす仕事を長年やっていたからか、一見、優男《やさおとこ》風であるのとは裏腹に、全身が筋肉で引き締まっている。背丈もまだ、僕たちのほうが低かった。

風我は、父と向き合い、睨《にら》みつけた。

「ちょうどいいところだったんだよ」風我は、床に落ちてる漫画を指差し、「亜美《あみ》ちゃんが」と口走った。そうか、あれは、『ラフ』だった。

風我が、父と真正面からぶつかったのは、二度目だった。一度目は中一の頃で、理由は忘れたが、風我もサッカー部の筋トレで少し力がついてきたところで、戦える、と踏んだのかもしれない。興奮しながら、父にぶつかった。結果はあっけないもので、振った拳を簡単にあしらわれた上に、顎を殴られ、失神もどきで畳に倒れたところを、何度も蹴られた。僕が、風我にかぶさったところで、それは止まったが、結局、風我は足の指を骨折した。病院にはなかなか連れて行ってもらえず、岩窪おばさんに相談して、医者に診てもらい、どうにか治した。

それから一年も経《た》っていないが、風我はまたやる気になっていた。先手必勝の思いがあったのか、まず風我が両手で、あいつを突き飛ばした。躊躇《ちゅうちょ》したら負けだ、とは分かっていたのだろう、相当な力を込めていたのは分かった。

僕たちの、厳密にいえばそれは風我によるものだったが、気持ちとしては僕たち二人の、反撃が初めて効いた瞬間だった。あの男は後方によろめき、バランスを崩し、壁に背中をぶつけた。明らかに、慌てていた。そのことに風我も、はっとしたのがいけなかった。

畳みかけていれば、状況は違ったはずだ。

すぐさま拳を振り上げたあの男は、目でこちらを嚙《か》み潰すほどの、怒りに満ちていた。彼の体からは、憤怒の棘《とげ》が飛び出している。全身の毛が逆立った。恐ろしさのせいか、まわりが一気に冷たくなる。

あの男の腕が鋭く振られたのと、風我の顔面が横に、吹き飛ぶように見えるのが、同時だ。

風我が後ろに倒れた。

あの男は止まらない。倒れた風我を蹴った。そこが路地裏であるかのように、相手がゴミ袋であるかのように、何のためらいもなく、蹴り続ける。アパート全体に、どすどすという音と、風我の呻きが伝わるように思えた。

あの男が動きを止めたのは、こちらを見た時だった。

いつの間にか、僕の手に包丁が握られていた。

「おまえ、分かってんのか」

僕はかぶりを振っていた。分かっていなかった。包丁をいつどうやってつかんできたのか、なぜつかんだのか、まったく分かっていなかった。何より分からないのが、自分がこの後どうするつもりなのか、だ。

その場で倒れている風我がなかなか動かないことに、焦る。早く、病院に連れて行かないとまずいのでは？

風我に近づきたい一心で、一歩出ると、あの男が反応した。刃先が突き出されたと思ったのかもしれない。

あの男の、あの反射神経や暴力性はどこで培われたものなのか。

時折、自慢とも苦しみの吐露ともはっきりしない調子で洩らしていたところからすると、若い頃にボクシングをかじっていたとか、あえてプロ資格は取っていないとか、喧嘩は負け知らずだったということらしかった。あまりに陳腐な過去話でもあるし、自分を大きく見せ、相手を威圧するための法螺《ほら》話と聞こえたが、実際そうだったとしても不思議ではないほどの、身のこなし、攻撃性があの男にはあった。

ワニなのか豹《ひょう》なのか、とにかく、法律規範や道徳心はまるで気にしない、今この場での感情にだけ突き動かされる動物じみていた。

あの男が包丁を奪い、迷わず、僕の腹に突き刺した可能性はあった。

そうならなかったのは、チャイムが鳴ったからだ。アパートの玄関ドアに、僕たちの視線は行く。すぐに、乱暴に叩かれる音がする。

「ちょっと何やってんの。うるさいでしょ」

怒りと恐怖、緊張感でぱんぱんに膨らんでいた空気が、そこでしゅっと萎《しぼ》んだ。

あの男の表情の強張《こわば》りも少し緩んだように見えた。僕から包丁をひったくったものの、構えるそぶりはなく、ワニや豹からようやく人間の顔つきに戻った様子で、「おい、おまえ、謝ってこい」と僕に顎で命じた。

玄関を開けると、立っているのは時折、見かける太った女性で、目を三角にし、「ちょっと、前からそうだけど、どったんばったん、うるさい」と怒ってくる。

すみません、と僕は頭を下げた。死の恐怖を感じるほどの暴力を受けながら、しかも外の人に対しては謝罪をしなくてはならない状況に、溜め息が出た。

頭の中身が、縮んで黒くなる感覚に襲われる。ぎゅうぎゅう、思考が小さくなっていく。

部屋に戻れば、すでにあの男はテレビの前に陣取り、タレントたちが騒ぐテレビ番組を眺めていた。

洗面所では、風我が鏡の前で、傷跡を確認している。

「目、腫れてる」と僕は、鏡に映る風我を指差した。

ああ、うん、と風我はうなずく。

同じ顔が鏡の中に並んでいた。こちらも含めれば、四つの同じ顔があって、暗澹《あんたん》たる思いも四倍に感じる。

少ししてからもう一度、父親のいる部屋を見た。チャンネルが変わったのか、時間帯のせいなのか、テレビ番組はニュースを流していた。「仙台市内で轢《ひ》き逃げか」という文字があった。嘆きなのか怒りなのか、とにかく感情を表現するかのような、激しさのある見出しに思えた。「小学生死亡」

その後だ。被害者の写真が画面に映し出され、僕は身動きが取れなくなった。はっとして風我を見れば、彼もテレビ画面をじっと見つめている。

あの少女だった。

路上に立ち、「母親と喧嘩して家出してきた」と言っていた、ランドセルを背負った女子児童だ。

何があったのか。すぐには理解できなかった。

あの後で車に轢かれたのだ。

「優我」と風我が呼びかけてくる。

「ああ、うん」

先ほど会ったばかりの小学生が今は、生きていない。そのことが、ぴんと来なかった。

家出だなんて、と軽く考えず、ちゃんと声をかけ、どこかに連絡を取っていれば、そうすれば彼女は車の暴走に巻き込まれなかったのではないか。

その思いが、僕の胸の内側に、釣り針のように刺さった。引き抜こうにもまったく抜けず、痛みだけが増す。

「あんなぬいぐるみ、渡すんじゃなかったかな」風我がぼそっと洩らした。

冗談を口にしているのかと思ったが、彼の顔を見れば、歪《ゆが》んでいる。僕も同じような表情をしているのだと気づく。

「ぬいぐるみと事故は関係がないだろ?」風我を慰めるつもりというよりも、自分自身に言い聞かせるためだった。関係あるはずがない、と。

けれど頭に思い浮かぶのは、車に轢かれながらもぬいぐるみを抱き、「おまもりがあるから大丈夫」と風我の嘘を信じて、念じている少女の姿だった。それだけでも心が痛んだが、まさか現実はもっとひどかったとは、その時は思いもしなかった。

翌日、風我の目の腫れは、ぱっと見ただけでは分からないほどにまで引いている。ただ、じっと見れば少し青くなっているのを、広尾が目ざとく見つけ、揶揄《やゆ》した。表現は忘れたが、差別的な用語も含んでいたのかもしれない。風我はむっとしつつも特に言い返さず、僕は苦笑いを浮かべるだけだった。

俺たちがどれだけ闘っているのか、日々の生活で生存のための格闘をしているのか、広尾、おまえには分かるまい。むしゃくしゃとした、不満の思いが胸に少し湧いた。

だからなのか、帰り際に校舎内の廊下を風我と歩いている際に、同級生の何人かが興奮した面持ちで、「ワタボコリ、ぼこってるって」「どこ」「裏、裏」と言いながら、祭りに出遅れないためにか駆け足で、すれ違っていった時、普段なら無視しただろうに僕たちも後をつけた。

体育館裏にある倉庫は、年間行事で使う飾りや小道具、運動会用の器具などが仕舞われているのだが、用事がない時には廃屋じみており、人の出入りどころか、近づく者もいない。おまけにそこそこの広さがあるものだから、誰それが逢引《あいび》きに使っている、という噂《うわさ》もあれば、女子のあの子が引きずり込まれた、であるとか、さまざまな体臭がしみ込んでおり、夏場、五分も中にいると失神する、であるとか、多種多様の話題を提供してくれている。面倒事を避けたい教師たちは、あえて、倉庫には近づかないようにしている、という話すら聞いたこともあった。

その倉庫の前で、ワタボコリは標的となっていた。

倉庫の壁に向き合う形で立っている。その後頭部と背中、尻には、段ボールで作られた的が貼られていた。

離れた場所から、広尾を中心とした五人ほどが、石を投げている。

動くなよ。ほら、外れたじゃねえか。下手《へた》なだけだろ。血が出たらポイント五倍。

彼らははしゃぎながら、振りかぶっては投げ、振りかぶっては投げ、を繰り返している。

「風我、おまえが昨日、当てたのを怒ってるんじゃないか」

「怒る相手が違うだろ。石をぶつけたのは俺なんだから」

「ワタボコリはほんと、損ばっかりだな」

僕たちは離れた場所で、ぼそぼそ喋った。

「あいつら、ほんと暇だな」

「むしろ、付き合ってくれているワタボコリに感謝すべきだと俺は思うけどな」

「どうする」と僕は風我に訊いた。

「どうするって何が」

昨日と同じく、ワタボコリを助けてやるのか、と言いかけたが、あれも別に助けるためにやったわけではないのだった。他人の痛みをまったく気にせず、偉そうにしている広尾に腹が立っただけだ。

「ワタボコリ、おまえはずっと、そうやってやられる側の人間で生きていくんだろうな」

広尾が言い、その直後、ひときわ大きな音がした。後頭部に石が思い切り当たっていた。悲鳴こそ上げなかったが、ワタボコリがよろめいた。

頭は危険だ。大きな怪我《けが》を負ったら、問題になるのだからさすがに広尾たちも気にするだろうと思いきや、彼らはいっそうはしゃぎ、もっとよろめかそうと思ったのか、次々と、石を投げ始めた。

風我が舌打ちした。それから、うしろを振り返った。何を確認したのかは、それが双子ゆえの以心伝心かどうかは別にして、僕にもすぐに分かる。

時間だ。校舎の高い位置に、昔ながらの丸い時計があって、十六時五分前あたりを指し示している。

風我と目が合う。

やるか。

彼がそう言ってくるのが、言葉を交わさずとも、伝わる。

何を？

二人で試すことはおおかたやったんだから、そろそろ実践で使ってみようじゃないか。

風我はそう言いたげだった。

その日は、例の、一年に一度の特別な日、誕生日だったのだ。

だからこそ、関わろうと思った。僕たちは一度、その場から離れ、と言ってもほんの数メートル後方の、広尾たちの死角に移動しただけだったが、何をやるべきかを即席で相談する。

時間との戦いだった。

数分もすれば、アレが起きる。

大まかな段取りを決めた後、僕はさも今、通りかかったような素振りで広尾に近づいた。

何をやってるんだよ、と声をかける。

彼らは、ワタボコリへの石ピッチングを見咎められたとでも思ったのか、一瞬、びくっと反応したが、僕を見て、何だ、という顔になった。彼らにとって、僕はどのような階層に属する同級生だったのだろうか。勉強はできた。テストの点数だけで言えば、学年でも一桁の位置にいたものの、そのことで僕が敬意を払われていたとも思えない。運動は苦手だったから、球技大会などでもほとんど役に立たない。

風我にしたところで、運動はできるが勉強は苦手で、さらにいえば、僕も風我も教室ではほとんど喋らないタイプだ。話しかけられれば答えるが、自ら友人たちと積極的に関わろうとはしなかった。誰かと親密になると、自分たちの家の、あのひどい環境のことがばれてしまうのではないか、と怖かった。

広尾からすれば、学校内では、僕たちのことは脅威とならない、無所属の同級生だったのだろう。さらに言えば、都合のいい時に、うまく誘導すれば味方にもできる存在、支持政党なしの浮動票、と思っていたのではないだろうか。

「おお」広尾は、僕に笑った。「おまえもやらないか？　ええと、ああ、優我だよな？」

「それは何をやってるんだ」

「ピッチングだよ、ピッチング。フォームの確認」

「石で？」「そう」「ワタボコリめがけて？」

「そうだよ。それが何か？」広尾の目に険《けん》が現れた。文句あるのか、と言いたげだ。

「いや、面白そうだと思って」まったく面白くないことを面白そうだと同意するのは、芝居だとしても不愉快ではあったが、近づく。「やらせてよ」

広尾から石を受け取ると、僕は急いで振りかぶり、ワタボコリの尻をめがけて投げた。特に手加減するつもりもなく、どうせ投げるなら思い切りぶつけてやろう、と思っていたが、力み過ぎたのか、ワタボコリの足あたりを石はかすっただけだった。

「惜しいな。ほら」広尾が別の石を寄越してきた。

「いや、もういい。こんなのつまらないから」

「何だよそれ」

「もう、広尾たちがさんざんやったんだろ。いまさら当てたって。どうせなら違うこと、やろう」

「違うことって何だよ」

「ワタボコリを故郷に返す」

「どこだよ、そこ」

「ワタボコリなんだから、埃だらけのところに決まってるだろ」僕は言って、このあたりは急いでいるせいもあったけれど、広尾たちに有無を言わせないために、ずんずんとワタボコリに近づいていく。

石の的として背中を向けていたワタボコリの肩に手をやると、彼はびくっと震えた。感情を見せないワタボコリといえども、石による攻撃は怖かったらしい。

「おい、どうするつもりだよ」広尾たちも後ろから追いかけてくる。

「倉庫に閉じ込めようぜ」

ワタボコリが、僕を見る。今まで積極的にいじめに関与していなかった僕が張り切っているから、驚いたのだろう。

広尾たちは、「常盤優我も、我々と目的と思想を共にする者だったのか」と喜んだのか、僕の意見を受け入れた。

「ああ、そうしよう、ナイスアイディアだ」とワタボコリを強く引っ張る。

閉じ込めるだなんて、あまりに典型的で、古臭い手法だけれど。

その思いを口に出していたらしく、広尾が、「伝統的なやり方とも言える」と、新人の提案を優しく持ち上げるように、言った。

ワタボコリを倉庫に押し込んだ。その埃と汗、その他もろもろの混ざり合った匂いに、さすがに彼は苦しそうな顔になったが、広尾ともう一人が奥まで引き摺《ず》り、ついでのように蹴って、倒れている間に、戻ってきてドアを閉めた。錆《さ》びた閂《かんぬき》をかける。

「ほかに出口ないんだっけ？」

「裏に小さい窓があったよな」

後方へ回り確認すると、横長の窓が上方にあったが、格子がついている。さすがにあそこからは出られない。

倉庫の入り口が激しく叩かれたため、僕たちはまたぐるっと戻り、閂がしっかりかかっていることを確かめる。

出してくれよ、と声が聞こえた。

広尾たちが、くっくと笑い、僕も自分の表情が緩んでいるのは分かった。時計を確認する。時間の余裕はない。

「明日くらいまでなら別に死なないだろ」僕はそう述べた後で、「小便は隅っこでやれよ」と倉庫内に向かって言ってやる。まさか、後で自分に跳ね返ってくるメッセージだとはその時は思ってもいなかった。

広尾たちがはしゃぐ。

あ、ちょっと待っててていいものを持ってくる。

僕は彼らに聞こえるか聞こえないかの声で言い残し、その場から離れた。「ワタボコリが出てこないか見張っておいてくれ」とも言い残した。

おそらく一分もないだろう。

見られてはまずいから、陰に隠れなくては。校庭に植えられたクスノキの、それほど太くはない幹の裏側へと姿を消した。

見えない膜に覆われ、アレが始まったと分かる。このころになると、そのぴりぴりと震える感覚が、まずは首、顔面あたりから、全身に広がっていくのを、冷静に確かめる余裕もあった。

その瞬間のことは、見えない。

瞬間移動で入れ替わる時、すれ違う風我が見えるのではないか、移動する景色が把握できるのではないか、と推測した時期もあり、二人でかなり意識的に目を凝らしたが、その瞬間はあまりに瞬間的で、何も分からないことだけが分かった。

飛び込んできたのは、匂いだった。

くさい。そして暗い。咳《せ》き込んでしまう。足元に目をやる。床を棒で引っ搔《か》いたのだろうか、薄く石灰の上に、落書きじみた字が描かれていることに気づく。

「セキする」

そう書かれている。ここに移動してきた僕が咳き込むのを風我が予測し、残したのだろう。移動した相手に、状況を教えたり、指示をしたりするために、メモや地面にメッセージを残すことは時折、やった。

暗い倉庫内には万国旗の詰まった箱や、組み立て式のテントや玉入れ道具などが積まれていた。

それらを避けながら、中を歩き回る。自然と息を止めていたらしく、水中を移動する気分だった。小さな窓から入る、微かな光を、微かとはいえ貴重な陽光を頼りに、歩き回る。

倉庫としては広いが、人の姿がないことはすぐに確認できる程度の広さだ。

入り口ドアに辿り着くと、そっと横に引っ張ってみた。門はかかったままで、開かない。

外の様子を見よう、とドアの隙間に目を当てる。かなり細くではあるが、それとなく様子は把握できる。

広尾らしき人影を見つけた。

ぱん、という響きがし、広尾たちが悲鳴を上げた。悲鳴の後で一拍空け、彼らがいきり立っているのが分かる。

「ワタボコリ、おまえいつ」「どこから出てきたんだよ」「ふざけんなよ！」

どうやらうまくいったらしい、と僕は鼻をつまみながら、笑みを浮かべる。

「言ってしまえば、それは人体実験だったんですよ。僕と風我以外の第三者を巻き込んだ」僕は言う。

忘れられては困るが、僕はこの話をファミリーレストランで、高杉に語っているところだ。

「人体実験？」彼の目が少し光る。興味を抱いたのだろうか。

「僕たちが入れ替わる時、持っていた物も一緒に移動します。だったら、誰かと手をつないでいたら、誰かを抱えていたら、どうなるのか。そのことは、検証したいことの一つでした。だから、その時、やってみた。体育倉庫に閉じ込めたワタボコリを」

「つまり、弟さんが事前に倉庫の中に？」

「隠れていました。そこに、ワタボコリを押し込んだ。時間が来る時に、風我がワタボコリの手をつかむ」


「ワタボコリ、怯《おび》えきっていたからな。倉庫の中で俺が姿を見せたら、その場でぶっ倒れそうだったぞ」広尾たちがいなくなった後で、それは逃げたワタボコリを追いかけて行ったからにほかならないが、その隙に風我が体育倉庫の閂を外して、僕を迎えに来てくれた。

一人で体育倉庫の中で待っている間、尿意が強くなり、必死に我慢していたものだから僕はすぐに校庭の隅で立ち小便をした。

「倉庫内で俺が手をつなぐと、さらに不気味がっていたけれどな」

「ワタボコリも一緒に移動できたわけだ」

「さすがに混乱していた。今もまだ、よく分かってないんじゃないか？」

「あのクラッカーみたいな音は」

「倉庫の中にいくつか落ちてたんだよ。行事で使いそこなったのか。そいつも一緒に持って出たから、ワタボコリに渡したんだ。『広尾たちはおまえが中にいると思い込んでる。これで驚かしてやれよ』とな」

「ワタボコリ、よくやったな」

「混乱していたんだろ」

倉庫にいたはずが、まばたきするような一瞬のうちに、クスノキの裏に移動していたのだ。現実のことと受け止めないほうが正しい。

「まあ、これで分かった。人も移動する」僕は校門に向かって歩く。

「車とかだったらどうなんだろうな」風我が追い付いてくる。

「車?」

「アレの時に車に触っていたら、車も跳ぶのか? 理屈から言えば、同じだろ」

鎖で繋がっているものや、建物のように、運ぶことができないものは無理なのは分かっていた。

少し考えてから、「無理じゃないかな」と僕は答えた。人がひとりで車を持ち運ぶことは難しい。人間くらいであれば、ワタボコリのような重さであれば、抱えられる。だから移動したのでは。

「まあ、だよな」風我もそう言った。実際、その翌年だったが、車ごと移動できるかどうかの実験を行ったのだが、万が一、車が跳ぶとなると大変な出来事で、もしかすると事故が起きる可能性もあるから、かなり慎重にやったが、移動したのは自分たちだけだった。さらに言えば、僕たちから一定距離離れている人間は、特に動きが止まらないことも分かった。だからたとえば、飛行機に乗っている最中にアレが起きたとしても、パイロットが硬直するようなことは、試したことはないけれど、ないはずだ。


体育倉庫から歩き、校門を出たところにワタボコリがいた。

さすがに彼も混乱していたらしく、「あれって」と訊ねてきた。

「びっくりしたか」

「そりゃ」と言う彼の顔が腫れていた。広尾たちに捕まり、殴られたのだろう。

「広尾たち、いつもはばれないように、顔なんて狙わねえのに」風我が、ワタボコリを指差す。「よっぽど動揺したのかもな」

倉庫内に閉じ込め、自分たちが囲んでいるつもりだったのが、急に背後から現れ、クラッカーを鳴らされたのだ。驚きもさることながら、出し抜かれた屈辱のほうが大きかったはずだ。いつも下に見ているワタボコリが、予想もつかない行動で、からかってきたぞ、と頭に血が上り、歯止めが利かなくなったのだろう。

僕は罪の意識を覚え、「なんだか悪かったな」と言った。おまえを助けてやりたかっただけなんだ、と嘘をつくことはしなかった。目的は、僕たちにとっての人体実験で、もしくは、目の腫れをからかってきた広尾への仕返しといったところで、ワタボコリのため、ということはなかった。

「まあ、文句言うなよな。クラッカーを鳴らすかどうかはおまえの判断だ。それで殴られたんだったら、自分のせい。そうだろ?」

「あれって、どうやって」

「縄抜けの術みたいなもんだよ。俺がおまえを連れて、外に出た。あまりの早業に、おまえは気づかなかった」

「あの倉庫からどうやって」

「ソコノソウコヘソッコウでイコウ」

「何それ」

「『そこの倉庫へ速攻で行こう』早口言葉だよ。今考えた」風我はくだらないことを言う。僕たちのアレについて明かすつもりはなく、ワタボコリを適当にあしらいたかったのだろう。

僕たちはワタボコリと三人で並んで、ふらふらと帰り道を歩きはじめていた。町の遠くの空は赤くなりはじめており、雲がうっすらと出血しているかのようだ。おそらく、あの雲だって誰かから、たとえば父親から暴力を受けているのだ。夕陽を見るたびに、ぼんやりとそう感じる。もしくは、僕たちのために、空が赤く泣いてくれているのではないか、と。雨が降っても、それを涙だと思うことはなかったのに、空の赤さには、胸の奥を刺激された。

「おまえの家、こっちなの？」風我が訊ねると、ワタボコリがうなずいた。

「どの辺？」

ワタボコリが右前方を指差す。

「ほんと、喋らない奴だよな。そんなんだから、付け込まれんだよ」

僕たちはまた、とぼとぼと細い道を一列になり、進んだ。疲れはなかったが、楽しくもない。どうして歩かなくてはいけないのか、家に帰ったところでいいこともないのに、と誰かが言い出してもおかしくはなかった。

その時に音楽が聞こえてきた。

古い個人病院の跡地で、まだ今後の建設予定もないのか、雑草が生えるだけの土地だ。柵があるにはあるが、入ろうと思えば入れるような代物だ。

軽装の大人たちが、今から考えれば、大学生だったかもしれない、とにかく軽装で軽率な男女合わせて七、八人ほどが柵の中で、音楽に合わせて踊っていた。

そのような場面に遭遇したのは後にも先にもその時だけだった。だから僕からすれば、三人でたまたま遭遇した、夕方の幻、現実逃避から浮かび上がった空想の光景のように思えた。

若者たちは、持ち運べるスピーカーを使っていたのか、音楽をそれなりの大音量で流している。

ジャンルで言えばファンク、もしくはレゲエだったのだろうか、体をゆらゆらと動かす若者たちのダンスも相まって、ゆったりとした幸福感が漂っている。

いつもならそのまま通り過ぎていたはずだが、風我がふざけ半分に、その場で踊りはじめたのが契機となった。

くねくねと体を振りながら、足で器用にステップを踏む。僕もそれに呼応し、小さく踊った。

おい、ワタボコリ。おまえも踊れって。

風我が呼びかける。もちろん彼が踊り出すことはなかったが、呆れて立ち去るそぶりもなく、僕と風我が慣れない踊りを続けるのを、眺めていた。

空き地の若者たちが、僕たちに気づき、驚きつつも喜び、こっちへ来いよ、と手招きしてくれた。逃げるわけではなかったが、僕たちはその場で踊るだけだった。

夕焼けの中に、ゆったりとした、明るくも心浮き立つ音楽が、僕たち三人の心を、手で覆ってくれるかのようだった。

「昨日のパソコン、どうだった?」と僕が訊ねたのは、その幻じみた時間が終わり、また歩きはじめた時だ。

彼はこちらに一瞥をくれた。怒っているのか馬鹿にしているのか分からない目つきだ。「使えた」

「良かったじゃねえか」

「それ、広尾にやられたの?」ワタボコリは、風我の顔は見ずに、言った。

「それ? ああ、これか」風我は自分の目のあたりを指差すが、ワタボコリは視線を寄越さない。「広尾にやられるわけがないだろ。やられたら、ただじゃ済まさない」

ワタボコリはすぐには言葉を発しないものだから、三組のスニーカーが地面を叩く音が断続的に、聞こえるだけだ。

「やられても、ただで済ませるしかない相手に、やられたんだ?」

「まどろこしい言い方するなよ」風我は苦笑した。

やられても、ただで済ませるしかない相手。僕はその表現を反芻《はんすう》しながら、確かにそうだな、と思った。あの男、あの父親にはずっと、ただで済ましてきてやったのだ。

細い道を通っていると、ほどなくワタボコリが、「じゃあ、ここで」と言った。

「その顔で帰って、親は驚かないのか?」

殴られた痕のことを思い出したらしく、頬のあたりを触った。痛みもあるだろうに、すでに気にしていないのか。「大丈夫。うちの親、僕の顔なんて見ないだろうから」

へえ、と僕は思い、へえ、と風我も口にした。どこの家もそんなものなのか。

「パソコン使って、ほら、ハッカーとかになれよ」ハッカーの何たるかも分からないだろうに、風我は唐突に言った。「金稼げるだろ」

馬鹿にするようにワタボコリが、風我に視線をやる。「僕が研究したいのは、音だよ、音」

「音?」

「特定の周波数の音で、コップが割れる、って聞いたことない?」

僕と風我は顔を見合わせ、肩をすくめるような仕草をする。

「音って結構、凄《すご》いんだって。コンピューターだって、音を鳴らして壊せるはず」

「何だよそれ」

「特定の音を近くで発すれば、ハードディスクはうまく動かなくなるだろうし、もっとやれば、破壊できるよ」

「それ、研究してどうするんだよ」

「きっと需要はある」

「音でコップを割ります、って手品師か？」

「手品じゃない。音や周波数、共鳴の問題で」

「周波数だかシューマッハだか知らねえけど」風我が面倒臭そうに言う。

「シューマッハ？」

ワタボコリの進んでいく方向には、平屋があった。コンクリート色の壁で、直方体で、薄暗い雰囲気だった。壁のところに、スプレーのようなもので、赤いバツ印が描かれている。知りたいと思ったわけでもなかったが、ワタボコリが、「あれ、金貸しの嫌がらせ」と言う。

「借金か」

「足が悪くて働けない上に、痴漢の示談金でごっそり取られて、借金だらけ」

僕は半信半疑で聞いていた。借金がある家で、どうしてパソコンが買えるのか。

「父親が痴漢とはな」風我は感心口調だった。「いろんな奴がいる」

「毎日、毛布にくるまって、寝てばかり。ミノムシみたいだよ」

僕は、「まあ、おまえも大変なんだな」と心にもないことを口にした。

ワタボコリは表情も変えず、「だけど、殴ってはこないから」と言い残すと背中を向け、帰っていった。

数日経った頃、家に帰ると、母親がテレビを観ていた。そのこと自体は珍しくなかったが、僕たちに振り返り、「ほら、観なよ」と声をかけてきたのはめったにないことだった。何事かと思えば、ニュースが流れている。緊急で重大な発表がなされているのか、緊迫感が画面越しにも伝わってきた。

「あんたたちと同じくらいだよ」

「何が」「犯人の歳《とし》」

轢き逃げ事件の犯人が逮捕された、という報道だった。仙台市内で少し前に起きた、あの事故、小学生が死亡した事故だ。

僕と風我、そしてワタボコリと歩いている際に見かけた少女が、轢かれた。

風我と顔を見合わせたが、言葉は出ない。

十五歳の高校生が、無免許運転で少女を撥《は》ねた。状況はまだはっきり判明していないらしいが、捕まった少年は淡々としており、今のところ、被害者への謝罪の言葉は口にしていないという。

「恐ろしい」母親は言った。

僕は返事をしなかったはずだ。

「あんたたちは、大丈夫だろうね」母親は好奇心丸出しで、テレビを見つめている。

大丈夫とは？

殺されたりしないだろうね、という意味？　それとも殺したりしないだろうね？さらに僕たちにショックを与えたのは、それからしばらくして、岩窟おばさんから教えてもらった噂話だった。

「あの、犯人いるだろ。無免許で、子供轢いた」

シロクマのぬいぐるみを抱えた、ランドセルの少女が頭に浮かぶ。心のかさぶたが剝がれる。痛みと、疼《うず》きがあり、小さく出血もした。

「前に廃品取りに行った時に、嫌な噂聞いたよ」

「どんな」風我も興味を向けた。

「その犯人、高校生だっけ、そいつ、わざと轢いたんじゃないかって」

「え？」

「しかも、ただ、ぶつけただけじゃなくて」

「どういう」

「小学生を逃げられないように縛って立たせて、真正面から車を」

「嘘だろ」さすがに受け入れがたくて、僕は強く言い返した。

「一回だけじゃなく何度も」

「まさか」

「何のためにそんなことを。というよりも、それは轢き逃げ事件じゃないよ」殺人事件だ。

「何のためにだろうね」岩窟おばさんは不愉快を隠さず、顔をゆがめた。何かを踏み潰すことに喜びを見出《みいだ》す奴がいるんだろう、とこちらは独り言のように続けた。

「壊さなくてもいい電化製品を、嬉々《きき》として壊す奴とかいるし。そういうタイプの人間なのかもね」

あの女子児童はもちろん、電化製品とは違う。

壊されていいわけがなかった。

胸がぎゅっと押さえつけられる。

やっぱりあの時、僕たちが、僕が、助けるべきだったのだ。

シロクマのぬいぐるみをおまもりがわりに抱きかかえ、「怖いことから守ってくれる」という嘘を信じて、何度も車に激突される痛みと怖さを耐えようとする子供の姿が、頭から離れない。あのぬいぐるみには釘が刺さっていた。彼女が抱えていたら、衝撃によって、釘が体に刺さったようなことはなかっただろうか。

だとするなら、僕たちも痛みを加えた加害者側ではないか。

自分の体の内側が急に重くなり、その場に座ってしまいそうだった。風我の顔も見られなかった。

「ここまでで、どうですか」僕はそこで、高杉の顔を見た。

「予想よりも面白いよ」高杉の表情はほとんど変わらないが、興味を抱いているのは分かった。

テレビ番組で使ってもらえそうですか、とは言わなかった。「話を進めますね」


中学卒業後、僕たちは初めて、同じ学校に通わなくなった。僕は仙台市内にある公立高校、進学校に分類される学校へ入り、風我は学校自体に行かず、働きはじめた。

「高校へ行くように」と中学三年時の担任教師が必死に説得してくれた。風我を説得してほしいと僕に対しても言い、高校進学がいかに大事かと説明するために親に会おうともした。学校に親が来られないなら、と家にも来てくれたが、あの男が、暴力的な威嚇をし、追い返した。

担任教師は、僕たち二人を放課後に呼び出して、「学歴にこだわる必要はないけれど、今の日本では、それがないと苦労が増えるんだ」と言い、黒板に、人生にお

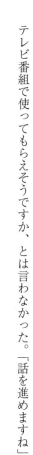

けるイベントや収入などを記し、説明もした。

「どうして、そんなに一生懸命なんですか」卒業したら働く、という方針を変えなかった風我は、最後にそう訊ねた。

先生は、眼鏡をかけた四角い顔の、生真面目な顔つきだったのだけれど、「単に心配なんだ」と答えた。

「先生も、俺たちのアパート来たことあるから分かってると思いますけど、そういう意味ではうちは、先生が心配になることだらけ、ですよ。貧乏だし、無関心な母親と、ひどい父親と」

先生は呆気《あっけ》に取られたようだった。役所に相談、であるとか、児童福祉施設がどうこう、であるとか言いかけた。

「大丈夫です」僕は言い、風我も同時に首を横に振った。「気持ちは嬉《うれ》しい。だけど、簡単に解決しないことは俺たちのほうが分かっている」

風我の運動能力は高かったから、先生は、その線での推薦入学も勧めてくれたが、風我の気持ちは変わらなかった。

俺が働く。優我は高校に行く。

風我は主張した。

「俺たち二人で一人前、という形でやっていくんで」

「僕たち音楽ユニットを組むことにしたんで、みたいな言い方をするなよ」先生はやはり心配そうだったが、それでも笑ってはくれた。

「その頃は、家ではどうだったの」高杉が訊ねてきた。

店員がやってきて、テーブル上のグラスに水を注《つ》ぐ。

「家ではどう、とは」

「その年齢ともなれば、身体も大きくなっただろうし」

父親の暴力にも立ち向かえるようになったのでは？　と言いたいのか。確かにそれは一理あった。一理あるけれど、千里の道も一歩から。頭の中で語呂遊びをしている。「うちの父親はその頃もまだ強かったんですよ。喧嘩慣れしている上に、容赦ない。他人を痛めつけても同情しない。むしろ、嬉々として暴力を振るう。これは強いです」

僕が高校生の頃、風我が二度ほど、あの男とやり合った。長年の経験上、歯向かってもろくなことはない、と僕たちは知っていた。あの男の命令や八つ当たり、不機嫌を、合気道よろしく受け流す術《すべ》を身につけていた、と言ってもいい。だから、その二度は、相当逆上したからだ。

「どうなったの」

「駄目でした。敵《かな》わないんですよ。どういうわけか」筋力や体格とは別の、もともと決められたルールでもあるかのように、僕たちはいつだって押さえつけられた。

高校生活は、中学よりも楽しかった。楽しかった、は言い過ぎか。楽になった、のほうが近いかもしれない。

中学校とは違い、様々な地域から通ってくる同級生に囲まれ、おまけに風我もいないものだから、高校にいる時は別の自分になれていた感覚だった。別の自分こそが本当の自分なのだ、と思えるほどだった。

一方、岩窟おばさんのリサイクルショップで働く風我も、僕とは違う生活とはいえ、それなりに楽しくやっていた。

朝は、僕よりも遅く起き、仕事に出かけ、夜は深夜近くまで帰ってこなかった。平日はほとんど顔を合わせなくなった。

寂しかったか？　と問われれば、それほどでも、と答えるだろう。

初めのうちは、いつも一緒の風我がいないのは違和感があり、片翼が消えたかのようで、まっすぐに歩くのも難しかったが、だんだんと慣れた。

家に、あの男と僕だけがいる、という状況も増えた。緊張と不安はあったものの、やはりこちらの年齢が上がるにつれ、あの男もあからさまに攻撃してくることはなくなっていた。何より大きいのは、いたくなければ家から出られることだ。それまでは、子供だけでの外出、遠出には限界があった。補導されたこともあった。高校生となると、時間を潰す場所や方法も増え、その点でも楽になった。

僕たちは、それまでの二人一組、一足の靴、といった具合に一緒に行動していた時代から、別行動の日々を過ごす時代へと変わったのだ。

ああ、そうだ。

靴だ。

それまでの僕たちはまさに、一足の靴で、どこに行くのも大体一緒、そこから見えることもほとんど同じ、片方が体験したことは隣で見える、といった具合だった。

十五の頃から、それが変わった。

靴ではなく、硬貨、コインの裏表となった。高校生活を送る僕の過ごす日々と、リサイクルショップで働く風我の日々とは、まったく似ていない。片面で起きていることは、別の面からは分からない。裏が体験していることは、表からは見えない。むしろ、ほかの誰よりも見えないくらいだ。

もちろん僕と風我の仲は悪くなかった。むしろ、左右の靴よりも硬貨の裏表のほうが密着度が高いように、繋がりは深くなったと感じるほどで、顔を合わせれば、自分の体験や得た情報を話した。

だけど、風我に恋人と呼べる子ができたことは、すぐには知らなかった。

その日、仙台駅西口のアーケード通りを歩いていた。クリスマスにはまだずいぶん日があるが、並ぶ店は電飾で着飾り、音楽が普段よりも賑《にぎ》やかに感じられた。例年より寒いこともあり、行き交う人たちはかなりの厚着だ。親に衣服をまともに与えられない子供時代を過ごし、擦り切れても同じ服を着ていたため、寒さにはそれなりに強い自信があったが、それでも風我が岩窟おばさんのところから入手してきた、中古のダウンジャケットがなければ、つらかった。


東西に続く、クリスロードに入った直後、すれ違った男女がいたのは分かったが、速足だったから気にも留めていなかった。すると女が立ち止まり、「あ、同じ顔」と言ってきたのだ。

その声に振り返ると、風我が立っていた。横にいる、「同じ顔」と言った女は、小柄で少しふっくらとした体形、リスに似た顔だった。

「ああ」黒い革のジャンパーを羽織った、僕そっくりの風我が歯を見せた。

「ああ」と黒いダウンジャケットを着た、風我そっくりの僕も笑った。

二ヵ月前から付き合っているんだ。

風我は説明してくれ、それからその、小玉《こだま》という名前の女に向かって、「こっちがもう一人の俺、優我」と僕を紹介してくれた。

「優我と風我」小玉は僕たちを交互に、小さく指差しながら、その音のリズムを楽しむように言った。

その場はそれで別れ、風我から小玉との出会いについて教えてもらったのは、数日してからだ。

週末で、お互いに用事がないためグローブを持って榴岡《つつじがおか》公園に行き、キャッチボールをしている時だ。

「小玉とは、あの時に会ったんだ」

「あの時？」

「アレが起きた時」「いつの」「この間の」

二ヵ月前の誕生日のことを指しているのだとはすぐに分かる。

何があったのか。記憶を辿る。


その日は平日で、学校があった。

毎年そうするように、その日だけは僕と風我は着ていく服を揃《そろ》え、私服通学の高校をわざわざ選んだのはそのためだったが、十時から二時間おき、アレが起きる時間になれば、できるだけ周囲に影響のない場所に移動する。ベストはトイレで、それが無理なら、人目につかない狭い場所を探す。周りの人間は動きが止まるとはいえ、防犯カメラなど機械には記録されてしまう。

「何時のとき?」「十四時の」

十四時十分の移動の際は、教室にいたはずだ。午後の授業で、数学か何かだったのでは。

「そうだ、数学だった。俺がそっちに行った時、黒板に、式がたくさん書いてあって」風我がボールをキャッチする。「眩暈《めまい》がした」

「俺は」僕も思い出した。「駅だ。仙台駅二階。トイレかと思ったら違った」

弓なりに飛んできたボールを受け止める。

巨大な記憶庫の片隅で、過去の場面を照らすように、蛍光灯のライトが点灯していた。

過去、仙台駅のトイレに移動したことは何度かあったが、その時に入れ替わった場所は、トイレではなく構内の東口に出るための通路上だった。予定時刻にそうそう都合よくトイレが見つかるとは限らないが、その時の風我もそうだったのだろう。

後ろから、「おい待て」とつかまれ、狼狽した。

振り返るとまず、体格のいい男二人が立っていた。一人は髪のさらさらした二枚目で、背が高く、男性ファッション誌からそのまま抜け出してきたかのような外見だった。もう一人は眼鏡をかけた背広姿の男で、ぱっと見た時は、ファッションモデルとその事務所のマネージャーなのかと思ったが、いきなり人の腕をつかんで、「今、こいつから財布受け取ったよね？」と詰め寄ってくる。

「財布？」

こいつ、と呼ばれたほうを見れば、女が立っていた。似た年頃のようだったから高校生かと思ったが、まともな高校生ならこの平日日中に駅にはいないだろう。

女は無言で、下を向いている。

「あのな、さっきこいつが俺にぶつかって、尻のポケットから財布を盗《と》ったんだよ」モデル風男が口を尖《とが》らせる。少し遅れて盗られたことに気づき、追ってきたらしいのだが、そこで女が僕に財布をこっそり渡しているのが見えたのだという。

「はい、ばれたんだから、さっさと返せ」

眼鏡のマネージャー風のほうは、彼女の服をぽんぽんと触る。財布を持っていないことを確認しているのだろう。

「いいよ、ほら、警察に行くぞ」モデル風が、僕の肩をつかむようにし、押した。

「やめてください。濡《ぬ》れ衣《ぎぬ》です」

「おまえさ、往生際悪いよ。見たんだから」

おまえたちが見たのは、俺じゃなくて、風我のほうだよ。

「あ、本当に受け取ってないですよ」僕は自信満々だったからその場で両手を挙げる。「好きに探してください」

二人は遠慮することなく、服やらズボンやら、ポケットやらを触ってきた。乱暴に触られるのは愉快ではなかったが、彼らが、財布を発見できずに焦り出すのは楽しかった。笑いをこらえるのに必死だった。

モデル男に捕まったままの女のほうも目を丸くしていたから、やはり盗った財布を渡したのは本当だったのだろう。どこに行ったのか、と驚いている。

君が渡した財布は、僕の学校のほうに跳んでるよ、風我が持ったまま。

「あの、本当に持っていないんですけど、そろそろ行ってもいいですか？」

できるだけ嫌味たらしく言った。

彼らは納得がいかないからか、睨んできた。僕からすれば、生まれてからこの方、父親から受けてきた恐怖と比べれば、外で会う人の少々の威嚇や暴力は大したことがなかった。二人がいくら凄んだところで、蚊ほども気にならない。

いくら探しても財布が出てこない。彼らは女のボディチェックをもう一度やり、さらにもう一度、僕を触り、それから首をかしげて立ち去ろうとした。

「あ、ごめんなさい、って言われましたっけ？」彼らの背中にぶつけるのは忘れなかった。

かっとした彼らが、つかみつかんばかりの顔で振り返るのも予想通りだった。

「結構、ひどい仕打ちをされたんですよ。疑われた上につかまれて。謝ってもらってもいいですよね。賠償金を寄越せ、とか言ってるわけじゃないんですから」

「悪かったな」と渋々、言った彼らに僕は、「ごめんなさい、ですよね」と畳みかける。このあたりを譲るつもりはなかった。


「その時のことは聞いてなかったなあ」風我が言った。「それでどうなったんだ」

僕たちの間をボールが行ったり来たりし、宙に線を描く。

「謝ってくれたよ。気が進まないながらも」あの二人は屈辱と怒りで顔を真っ赤にしていた。「家に帰ったら、風我に話そうと思っていたのにすっかり忘れていた」

「あの日、俺、帰るのが遅かったからな」

「財布はどうしたんだ」

「それはほら、あの後、二時間後か、もう一回跳んだだろ。元いた場所に戻って」

その時の僕は確か、駅近くの書店にいたのではなかったか。その日の朝、同級生たちが喋っていた、正統派アイドルのヌード写真集が気になったからだ。

「ああ、そうだった。跳んだら、写真集の積まれたコーナーの前だった」思い出した風我が笑う。「そこから、駅構内まで探しに戻った」

「誰を」

「その、財布を寄越してきた女だよ。それが小玉だ」

ああ、そうか。

あの時、駅の通路でモデル風に捕まっていた女と、アーケード通りを風我と一緒に歩いていた女の顔が重なる。駅の時のことはうろ覚えでしかなかったが、言われてみれば、似ていたかもしれない。

「似ていたかも、じゃなくて、同一人物なんだよ」風我が言う。

二時間後も小玉が駅にいる可能性は低いのではないか。

風我もそう思っていたらしいが、意外にも彼女は残っていた。しかも風我が来るのを待っていたのだという。どこからか駆け寄ってくると、「良かった」と言い、「種明かしして」とせっついたらしい。

「なんの種?」

「財布どこに隠したの」

ああ、と風我は自分のジャケットの裏ポケットから取り出した財布を渡す。「持っていっちゃって悪かった」

「どうやって持っていったの」

「どうやって、ってまあ、どうにかこうにか」

「すごいね。あんなに探されたのに、出てこなかった」

風我も、彼女の感心がどこに起因しているのか察しがついたらしかった。「あれくらいはいくらでも」

興味津々で、尊敬するような目で見てくるものだからさすがに風我も気後れし、「一年に一回くらいだよ」と付け足したという。

正確さにこだわるなら、一年に一度、誕生日に何回か、と風我は言うべきだった。

「そこから親しくなったのか。彼女、高校生？」

「年は俺たちと同い年で、市内の高校生だけど、学校にはほとんど通っていない。小玉も俺たちと少し似ていて」

「似ている？」「家より外のほうが気楽な」

「父親がまともじゃないわけか」

「いや、うちみたいなのとは違うよ」風我は言う。「小玉の両親はずいぶん前に亡くなったんだって。事故。交通事故。運転手は酔ってたのがばれたくないから、そのまま逃げた」

「最悪だ」

「いや、最も悪いとは言い切れない。もっと悪いことは世の中にもっとたくさんある」

「確かに」それは僕も知っている。

「それで彼女は、親戚の家に同居することになった。小学生のころから」風我は何事もないように喋るが、表情が少し強張ってもいた。「どうも家はほっとできる場所ではないらしい」

「なるほど、そういう意味で僕たちと似ているわけか」

「同類相求むってわけじゃないけど」風我は、自嘲気味に言った。「小玉とは気が合う」

「へえ」

風我の投げたボールがすごい勢いで跳んでくる。グローブで受け止めると重い音が響いた。

風が後ろから吹き、公園の木々を揺らす。足元の芝生《しばふ》も音を立てた。犬を散歩させる人が行き来している。子供たちが数人、少し離れた場所でサッカーボールを蹴り合い、あっちへこっちへと移動していた。

あれは小学生だったころだ。

ふと、この公園での出来事を思い出した。

自宅から榴岡公園までは自転車を必死に漕《こ》いで三十分ほどかかるため、ちょっとした自転車旅となるが、小学生の時も何度か二人で来た。

僕たちがグローブを手に入れたのは、岩窟おばさんのリサイクルショップで働きはじめて、現物支給的にもらったのが最初だったから、その時は、素手で、どこかで拾ったゴムボールをひたすら投げ合っていただけだったはずだ。

子供を叱る父親に気づいたのは、僕と風我のどちらが先だったか。たぶん、過去の多くの場面と同じく、同時だったかもしれない。

小学校の低学年と思《おぼ》しき男の子の前に、父親らしき男が立ち、顔を真っ赤にし、怒鳴っていたのだ。指を突き出し、大声で叱りつけている。

風我と目が合う。

不快感が浮かんでいた。僕も同じ顔をしていただろう。あの男と似たような種族だ、とまず思った。

いまなら、違う、とも分かる。公園にいる父親はかなり感情的に怒ってはいるけれど、たぶん、苛々《いらいら》しているだけだ。かっと来て自分を見失っていた。後になれば、かっとした自分を反省するだろう。一方の、うちにいるあの男は、感情的になっていない時も、僕たちを足蹴にするし、ふざけ半分に暴力を振るう。子供を虫のように扱うのが、自然なことなのだ。反省など絶対にしない。悪質さはまるで違う。

ただ、その時の僕たちには、同じに見えてしまった。

子供を虐げる父親とはつまりあの男で、父親に暴力を受ける子供とは、すなわち僕たちだ。

僕たちを助けられるのは、僕たちだけだ。

そういった気持ちがあったのかどうか。

気づくと風我が、ボールを投げるのをやめ、僕の近くに立っていた。目と目が合う。行くぞ、と言ってるのは分かったが、僕は続かない。面倒なことになるだけ、とは分かった。

風我が、握った拳の親指を立て、軽く、くいくいと振った。

おなじみの仕草だ。

家の中では、あの男がいる前で迂闊《うかつ》に会話をすると痛い目に遭うため、僕たちは無言で、表情や仕草で意思疎通を図ることが多い。その、親指を少し出した手のサインを、いつから使うようになったのかは分からない。はっきりと言語化できるものではなく、「頼む」「頼んだぞ」「任せた」といった意味合い、ようするに、協力を乞う際に使うものだ。

「何そんなに怒ってるの」

気づけば父親の前、硬直状態の少年の横に立ち、風我が言っている。

「はあ？」父親が目を見開く。

「あのさ、何を怒ってるのか分からないけれど、自分より体が小さくて、力も弱い相手にそんなに声を張り上げて、鬼みたいな顔して、ずるいじゃないか」

「おまえの知り合いか？」父親は、少年に確認する。

少年はかぶりを振る。

仕方がない、と僕は、風我とは逆側、少年の右隣に移動し、「お父さん、関係ない僕たちがしゃしゃり出てすみません。ただ、ほら、ここはみんなの公園だから。雰囲気が乱れちゃうので」と話す。

「駄目だ、こういう風に、偉そうに上から怒鳴ってくる親は許せない。どうせ大した理由じゃないんだって」風我が怒る。

「どうして怒ってるんですか」僕が訊ねる。

父親は顔を真っ赤にしている。彼の体に怒りのマグマが溜まっているのが見て取れた。「関係ないだろうが。さっさとどっかに行け」

「そっちがどこかに行けよ。俺たちはここでキャッチボールをしている。公園じゃないとできない。おまえはここで、子供を、阿呆《あほ》みたいに興奮して叱っている。家でやれよ」

風我の言い方は明らかに挑発的で、良くなかった。

僕は、風我とは違う口調でバランスを取る。「これは僕たちの身勝手かもしれないですけど、せっかくの公園の雰囲気が悪くなるじゃないですか」

困惑していたのか少年はずっと下を向いていたのだが、そこでふと顔を上げ、自分の左右にいる僕と風我を交互に見た後で、ふっと笑った。

「何を笑ってんだ」父親は先ほどよりはトーンダウンしていたが、むっとした口調で言った。

少年はそこで若干、躊躇《ためら》いながらも、自分の発見を披露せずにはいられなかったのか、「何だか」と言った。「何だか、天使と悪魔みたいだから」

「はあ?」と聞き返したのは僕だったのか、風我だったのか。

「よく言うでしょ。心の中の天使と悪魔」

自分の両側にいる僕たちが同じ顔をしているものだから、しかも風我の口が悪く、僕のほうは比較的穏やかな喋り方だったから、そう連想したのだろう。

ああなるほど、と僕は思ったし、風我も思ったはずだ。

その後、父親もさすがに興奮が覚めたのか、結局、その場から少年を連れて立ち去った。すでに、奇妙な二人組から息子を避難させるような趣すらあり、それはそれでまあ良かったように感じた。

「優我、気づいたぞ」風我が言ったのは、その後だ。

「おまえが悪魔で、僕が天使ということに?」

「違うよ」風我は、僕を指差した後で、自分を指す。「初めて俺たちを見た相手は、顔がそっくりなことにびっくりする」

「かもしれないね。だから？」

「さっきの男もそうだったけど、俺と優我が並んでいると、顔を交互に見ちゃうんだ。俺を見て、優我を見て、それからまた俺を見て、顔を確認しちゃうんだ」

「だろうね」よく見かける動きだ。あれ、こいつとこいつ同じ顔？　と見直してしまう。

「そこに隙ができる」

「何それ」

「顔を動かさなくても、視線は動く。俺、優我、俺、と移動する」

「だから、それがどうかしたのか」

「喧嘩みたいな時には、チャンスだ。隙ができる。相手が一瞬、目を動かした時に先制攻撃を仕掛ければ」

「そんなこと考えてどうするの」

　僕は呆れただけだったが、実はそれは、その後、何度か役に立ったのだ。

　たとえば中学校に入って少しした頃、家から出たものの行き場がなく、近くの神社裏で時間を潰していた時だ。どこからか、十代の男女がぞろぞろ現れて、煙草《たばこ》を吸いながら騒ぎはじめた。面倒なことになるから、と立ち去ろうとしたところ絡まれた。

おまえら補導されるぞ、とからかってくるまでは良かったが、金を出せ、パンツ脱げ、と低レベルな難癖をつけてきたので、結局、面倒なことになる。

風我は狙っていたのだろう。

僕たちの無様を記録しようと、彼らのうちの誰かがスマートフォンのカメラ機能を使おうとし、その明かりで、僕たちの顔が少し露《あら》わになった。先頭にいる男が、僕を見て、それから風我を見て、そして、もう一度、確認のためだろう僕に視線を寄越した。

例の隙が生まれたわけで、風我はそれを逃さなかった。

動いた、と思った時には右の拳の、手首近くで、相手の顎のあたりを思い切り殴った。さらにすぐ後ろにいる男のみぞおちを爪先で突き、「行くぞ」と後方へ駆けた。

悪さをして逃げる風我を、追いかける僕、このパターンばっかりだ。いつも、逃げる風我の背中を見て、「僕の背中もこんなんだろうか」と考える。そしてたいがい、足の速い風我に差をつけられてしまう。

僕の弟は、僕よりも結構、元気です。その紹介文が頭をよぎる。

白いボールが飛んできた。空中で静止したようにも見えたが、そこからゆっくりと大きくなり、僕の構えるグローブに音とともに収まる。グラブ越しにボールを握る感触は、離れた場所の風我と握手をするかのようだ。

さらに僕の頭には昔の、別の場面が蘇《よみがえ》る。

あれが岩窟おばさんとの出会いだったから、中一になったころだ。夏休み前だっただろうか。

僕たちは例によって週末の休みを持て余し、たぶんサッカー部の練習がなかったのか終わった後だったのか、ふらふらと仙台駅の周辺をうろついた。金がなく、ただ散歩するだけで、時々、困っている人がいれば声をかけたり、むろん親切心ではなくただの時間潰しとして、もしくは、悪さをする若者がいたら警察を呼んだり、これも正義感ではなく暇潰しのために、そんなことばかりをしていた。

その時も、中年女性が体の大きな男二人に脅されているように見え、だから気にしたのだ。

後で分かるが、その女性、岩窟おばさんが裏道に放置してあった家電製品を、リサイクルショップの仕入れとして、運ぼうとしたところ、男たちが立ちはだかり、「それは俺たちのものだ」と詰め寄ってきたのだった。

「俺たちのもの、ってそれは、このテレビの所有者ってこと?」

「これから所有者になるところだ」

「じゃあ、わたしと立場、一緒だろうに。早い者勝ち」

「いや、もともと俺たちが見つけたんだ。今、取りに来た」

「そんなこと言ったら、わたしだって、あんたたちの前に見つけたんだよ。で、今取りに来たんだから、見つけたのも取りに来たのもわたしのほうが先、ってことになる」

子供の張り合いじみたやり取りが行われ、もう少し経てば、「いつ見つけたんですか? 何月何日何曜日、地球が何回回った日?」と子供裁判における有能弁護士の決め台詞すら飛び出した可能性もあった。

そこでまず風我が、すっと岩窟おばさんの左隣に立った。

そして一テンポ遅れて、僕がおばさんの右隣に立つ。このころになると、間合いの取り方にも慣れていた。

男たちが例の行動を取る。

まず風我を見て、その後、僕を見て、少し戸惑いの表情を浮かべた後で、もう一度風我に視線を戻す。

できた隙は逃さず、風我が飛び跳ねている。

一人目の男の顎、二人目の男のみぞおち、と連続して攻撃する。どうしたら相手が動けなくなるかを、僕たちはしょっちゅう研究していたため、何しろ時間を持て余していたからだが、とにかく、そのあたりの急所の狙い方や加減には熟達していた。

風我が逃げ、僕も後を追う。ある程度まで移動したところで呼吸を整えていると、やはり息を切らしたおばさんがついてきたから、驚いた。

感謝されるのか、もしくは叱られるのか、と彼女がぜえぜえと吐く息を落ち着かせるのを待っていたが、口から出てきたのは、「さっきの家電、持ってくるの手伝って」だった。「わたし一人だと、やっぱり限界があるから」

「はあ」

結局、おばさんと一緒にその場所に戻った。男たちは、僕たちを探すために周辺をうろついていたのか、家電はその場所にまだ残っていたから、それを軽トラックに運んだ。

「普段はもう一人、スタッフがいるんだけどさ、最近休みがちで」

軽トラックの荷台に家電を載せ終えると、彼女は名刺を僕たちに寄越した。双子だから、二人で一人だろ、と言いたかったわけではないだろうが一枚だけ渡し、「暇な時、手伝いに来てよ」と言い残した。

「誰が行くか」風我が反射的に言い返したが、僕はたぶん行くことになると予感した。

暇な僕たちにとって一番、楽しい時間の過ごし方は、誰かを手伝うことだったからだ。

「今、昔のことを思い出していたよ」ボールを受けた後で投げずに、風我が歩いてきた。

「僕も思い出していた。公園のそこで」と芝生の外あたりを指差す。

「子供を叱っていた親父《おやじ》の」

「それから、神社のことと」

「おばさんに会った時だろ」

一つのきっかけをもとに、連想ゲームよろしくいくつものことを考えるものだが、僕と風我は、知らず、同じ過程を辿り、同じことを思い出すことが多い。

さて、小玉のことだ。

僕の高校時代に起きた出来事を話すとすれば、小玉のことを話さなければ、画竜《がりょう》点睛《てんせい》を欠くどころか、竜自体がいなくなる。

「いつも小玉と何をしているんだよ」僕は聞いたことがある。風我が小玉と付き合いはじめ一年近くが経ったころだ。

夜の道を二人で歩いていた。狭い自宅アパートにいる時間は苦痛でしかなく、たいがい外に出て、やることもないものだから、あてどなくふらふらと、舗道の広い直線道路を歩くことが多かった。

風我は表情を緩め、「小玉といちゃいちゃしたり」と言う。

僕は自分の顔が赤らむのを感じたが、すぐに平静を装い、「いつもそういうことをしているわけじゃないだろ」と言い返す。

「少なくとも、誕生日にはしないよ」

「それは気を付けてほしい」

アレが起きて跳んだと思ったら、裸の小玉が目の前に、なんてことは勘弁だった。

「何を悩んでいるんだ?」僕が訊ねた後も、風我は少し黙っていた。

どうして悩んでいると分かったのか、とは言ってこない。分かるから分かる。それはお互い様だ。

「いや、小玉のことなんだけれど」

「裸でも思い出していたのか」

「教えてくれないんだよな」

「教えて？」

「あいつはたぶん、家で大変な目に遭っている」

「叔父《おじ》さんの家だったか」

小玉は小学生の頃に両親を事故で亡くして以来、親戚である叔父の家に住んでいるという話だった。叔父には若い妻と、成人済みの一人息子がいる。

「一度、見たことがあるんだけど」小玉は自宅の場所を曖昧にしか説明しておらず、はじめは遠回しに、次第に直接的に、「家を知られたくない」旨を伝えていたらしいのだが、隠されるほど気になるのも真実なのだろう、後をこっそりつけたのだという。「でかいんだよ。城みたいってのはまあ言い過ぎでも、三階建てくらいありそうな」

「実は恵まれた家のお嬢様だった、なんてことはないよな」

「小玉がお金に余裕があるところは一度も見たことがない」

「叔父さんは金持ちだけれど、小玉はそうじゃない、ってことか。親戚という理由で育ててくれているんだから、それだけでもありがたいって部分はあるのかもしれないな」そのあたりの感覚は想像するほかない。「別に、財産を、小玉に分ける必要もないんだろ」

「分けないくらいならいいんだけど」

「何か気になることが？」あるとしか思えない言い方だった。

とっさに浮かぶのは、虐待だ。家の中で起きるつらい出来事といえば、まずはそれだろう。僕たちはその、ベテラン経験者とも言える。

そう話すと風我もうなずく。俺もはじめは、それを疑った、と。「ただ、暴行を受けた痕は特にないんだ。いや、正確には、少しはあったよ。脛《すね》とか腿《もも》に、痣《あざ》みたいなのが。小玉は否定した。ただまあ、親から殴られてそれくらいの傷ができることは別に、それほど異常なことではないから」

「異常なんだよ」僕は苦笑せずにいられない。「家族から殴られてそれくらいの傷ができちゃいけないんだ」と言いながらも僕も、風我と同じ気持ちではいた。親に手を振り上げられることなく、怯えることなく、生活してきた人がいることは、ぴんと来ない。「親に殴られたことはもちろん、軽く叩かれたこともない」とごく普通に話す同級生に、何をつまらない嘘をつくのだと聞き返しそうになったこともあった。

舗道は緩やかに右方向に曲がりながら勾配をつけている。首の長い、少々猫背の街路灯が等間隔に並び、僕たちを監視している。極端に歪んだ僕たちの影は、やはり、双子だ。

「それで？　小玉の痣がいったい」

「痣じゃないんだ、問題は」

「問題はあるわけか」

「この間、おばさんのところの仕事で泉区《いずみ》の、住宅地に行ったんだけれど」

「この間？」「一週間前」

　風我の顔が、今まで見たことのないくらいに、黒く陰って見えたものだから緊張する。


　ここからは、風我が聞かせてくれた「一週間前の出来事」を、僕が想像して説明してみる。

　その日は昼間だというのに、曇って暗かった。僕も覚えている。雨を蓄えた雲が空を覆っており、尖ったもので突けば、即座に水が落ちてくるように思えた。

　軽トラックの助手席に風我は乗り、窓の外のその黒雲を眺めていた。「今日はどこ？」

　岩窟おばさんはハンドルをしっかり握り、フロントガラスを眺めながら、「矢倉《やぐら》町《ちょう》の一戸建て」と返事をしてくる。

「高級住宅地だ」

「金持ちの出すゴミは意外にゴミじゃなかったりするから、助かるよ」

「確かに」

　到着したのは、立派な構えの白い家だった。「ケーキみたいだったよ」と風我は、子供でも口にしない表現をした。「レンガの煙突みたいなのもあった。ケーキで言うところの、イチゴだな、あれは」

　そのケーキ邸の、説明が面倒臭くなったのか風我がそう言ったのだが、ケーキ夫人はネット検索をし、岩窟おばさんの店を見つけたらしかった。

　玄関から出てきて、ぼろい軽トラックと一癖ありげな中年の女性、それから髪を無造作に伸ばした、見るからに素行不良の若い男を見やると、ケーキ夫人は、汚いものを目に入れてしまったかのように目を逸らした。

「引き取るのはどういったものですか」岩窟おばさんが粛々と作業を進めようとする。

　ケーキ夫人は言葉を発せず、移動をはじめた。風我たちがついていくと、ガレージのシャッターを開ける。

　中には、流線形の美しい外車が一台、風我の予想ではたぶんポルシェのケイマン、あとはローバーミニが一台あって、その奥に、大きなテレビやテレビ台、エアコンなどが積んであった。

「じゃあ、運ぶかね」

岩窟おばさんのスタートの合図とともに、風我は運搬作業を始めた。台車を使いながら、次々と軽トラックに載せていく。それほど時間はかからず、むしろ、その後の代金支払のほうが時間がかかった。

「ちょっと待ってくれますか」ケーキ夫人がむっとした態度を見せた理由は、すぐに分かる。

岩窟おばさんの提示した金額が不服だったのだろう。

「何で、こちらが支払わなくてはいけないんですか」

「引き取り料です」

「そちらはこれをまたどなたかに売るんですよね」

「買ってもいいという人がいれば」

「だったら、むしろわたしにお金を払うべきではないですか？　仕入れているんですから」

よくあるトラブルの一つだ。

岩窟おばさんは、不用品を引き取ります、と呼びかける。どちらがいくらかかるのかは事前には提示しない。訊かれれば答えるが、それも、「品物によっては高額で引き取るが、実際に見積もらないと正確なことは言えない」と言い添える。

相手は、「いくらかで買い取ってもらえるのかもしれない」と期待する。が、実際には、「この商品は売ることは難しいため、処分代が必要となります」となる。

話が違う、と相手はたいがい怪訝そうな顔になる。ただ、すでに大きな荷物を梱《こん》包《ぽう》したり、トラックに載せた後だったりすれば、相手は、「条件が合わないから、もとに戻せ」とはなかなか言い出せない。半分以上は、納得いかない表情ながら文句も口にせずに我慢する。が、怒る者も当然いる。

ケーキ夫人は後者だった。

引き取り金額が安いことは覚悟していたが、逆に支払わなくてはならないなんて。それこそ、想定外のさらに外、あってはいけない。

といった具合に甲高い声でまくし立ててきた。

これほど立派な家に住んでいる人間が、たかだかその程度の金額にこだわるのか。と風我は思わなかった。いくら裕福であっても、お金にこだわりを持つ人間はこだわる。金はあっても無駄な金は一円たりとも使いたくない、という人がいることは、リサイクルの仕事をしながら学んだ。

ケーキ夫人は、自分が足元を見られていることが気にくわない様子だった。リサイクル業者のおばさんと十代の不良じみた若者に、軽んじられるわけにはいかないのかもしれない。

岩窟おばさんと風我を、汚いものでも見るように、「まあ実際汚い恰好だったけれど」とは風我の弁だが、とにかく嫌味や皮肉をふんだんに混ぜた声を発してきた。

譲歩したのはどちらだったのか。

岩窟おばさんだった。「分かりました。今回限りは、処分代はいただきませんよ」とその場を収めた。それでもケーキ夫人は不満げだったらしいが、風我たちは、じゃあこれで、と淡々と引き上げた。

「まあ、テレビもサイドボードも意外に売れそうだからね。うちは得したよ」

帰りの運転中に岩窟おばさんは言い、それはもちろん負け惜しみではなく、現実的な感想だったが、風我には腑《ふ》に落ちないものがあった。

処分代をふっかけたこちらもこちらだが、あの態度はなかった。

何を偉そうに。

煮立つような思いが抑えきれず、気づけば、ケーキ夫人宅から回収してきたノートパソコンをいじっていた。

「パソコンを処分する際には、データを完全に削除しないと復元される恐れがある」風我は言った。

「復元する奴がいるということか?」中学の時、僕が手伝っていた頃は、そんな話は聞かなかったから、最近、岩窟おばさんのところが気にしはじめたのかもしれない。

「あくまでも可能性の問題だ。めったにないだろうけど。ただ、俺たちは親切だから、念のため、データ消去をしてあげてから、処分をする。そういう業者にも知り合いがいる」

「優しい」

「そう、俺たちは優しい」風我が当然だろう、と言わんばかりに首を揺する。「ただそれも相手がいい奴の場合だ。そうじゃなければ」と言葉を探した。「意地悪にもなれる」

「だろうね」

もともとの僕たちの本質はそちら側だ。暴力と恐怖で充満した家で過ごしてきたのだから、人の嫌がることや、人を苦しめることには詳しい。他者とうまくやっていくためには、親切に、少なくとも礼儀正しくしたほうがいいとは理解できたため、ふだんはできる限り、そう振る舞っている。核の部分は陰湿だが、表層的にはできる限り、穏やかに。どうせ誰も人の核の部分など気にかけないのだ。

風我はケーキ家のノートパソコンの中身を洗った。幸いなことにと言うべきか、復元可能な状態だったために、業者からもらったソフトウェアを使うだけで、ハードディスクの中身を復活できた。

「何かあった?」

「たぶん、そこの主人、主人という言い方でいいのか?」風我は自分の発した言葉に首をひねる。主人とその家族、という切り分けは、問答無用の上下関係を思わせないか、と。「とにかくまあ、そこの旦那のパソコンなんだろうな。ポルノ動画がいくつかあったけれど」

それだけなら珍しくない。風我のこの暗い顔の原因は別にあるはずだ。「何があったんだ」

「写真」

「観光名所の?」いい軽口が思いつかなかった時には、発言は慎むべきだろう。白けてしまうし、自分が無神経な人間であることを痛感する。

「小玉が」

「知り合いだったのか?」

なるべく平穏な言葉を選びながらも、僕の頭の中ではいくつかの想像が巡る。風我の態度からして、明るい話ではないのは明らかだ。相当に嫌な話、嫌な写真には違いない。まっさきに浮かんだのは、小玉の裸の写真、もしくは小玉が性行為をしている、させられている画像だ。若い女性が受ける被害といえば、それだろう。アダルト動画によくあるような、猥褻《わいせつ》なものだ。

早くも憤りで、頭の中が熱くなっていた。

風我の説明は、僕の想像とは少し違っていた。まったく異なっていたわけではなかったが、予想よりも上だった。何が上？　不快感だ。

溺れている女。風我は言った。

「はじめは何の写真なのか分からなかった。プールかと思ったけれど、プールの中を横からは撮影できないだろ。水槽だよ。水槽に女が入って、溺れてる。その写真だ」

すぐには理解できない。「写真？　溺れている女の？」

その女が小玉だったのだろうとは推測できた。

「後で少し調べたら分かった」

「何が」

「女が苦しんでるのを見て、興奮する男がいるんだ。死ぬほど苦しむ表情を」

「信号の点滅で興奮する奴もいるんだろうな」

「嗜好《しこう》は人それぞれだからな」風我は無表情だ。「小玉はそれに使われていた」

「使われて？　というよりも、その水槽はどこにあるんだ。写真がどうして撮れる」

「これは俺の憶測だ。先入観と、妄想で作り上げた。ただ、それほど遠くないとは思っている」

「うん」

「やってるのは叔父だろう」

そうだ、この話はもともと叔父の話題から繋がっていたのだ。「何をやっているんだ」

「たぶん、ショーみたいなもんだろ」

「ショー?」

「苦しむ女を鑑賞するショー」

「何のために」

「ショーは何のためにやるんだよ、優我」

「ビジネス?」

「じゃあ、これもそうだろ」風我がぶっきらぼうに言った。

「そんなショーができるのか?」

「家にでかい水槽作って、水を入れて、小玉を落とせばいい。電気代もさほどかからないかもしれないな。サーカスと違って、演者の訓練もいらない」

「叔父さんには奥さんがいるんだろ」

「だいぶ前に、家を出てるみたいだ。近所で探ったんだ。DVがひどくて逃げたって噂がある。息子のほうは独り立ちして、帰ってきていない」

「じゃあ、その豪邸には、DV叔父さんと小玉だけで住んでるのか」

「そして、時々、ショーをやる」

「そんなのを見に来る客がいるか？」僕はまだ、受け入れられない。溺れそうな人間を眺めて何が楽しいのか。「死んだらどうするんだ」

「そうならないようにぎりぎりを見極めるのが、主催者の腕の見せ所かもな」風我は嫌悪感と怒りを必死に押し込めている。小さな袋に、布団をぎゅうぎゅうと押し込めるかのようだ。どう入れても、はみ出す。「後で調べた。そうしたら実際に、女を溺れさせる動画には需要がある。布団圧縮袋ってあるだろ、あれに女を入れて」

「圧縮するんじゃないだろうな？」

「どうして駄目なんだ。やろうと思えばできる。それを楽しむための動画もあるんだと」

「小玉がそれを？」

「やらされているんじゃないか、ってのが俺の予想だ。しかも写真はほかにもあった」

「水槽の？」

「全身びしょ濡れの小玉と、男たちとの記念撮影」

「何だよそれは」記念撮影をする神経が理解できなかった。

「たぶん、保険だろ」

「そんな保険があるのか」

「小玉は無理やり笑顔を作っていた。つまり、これは強要したのではなく、本人も合意の上だった、という証拠にしたいんじゃないか？　あくまでもショーですよ、と」

「まさか」そんなもので、合意が証明できるのだろうか。

「これは俺の偏見だけどな、金持ちにはたぶん、頭のいい弁護士がついているんだ。法律的に勝つための。そのアドバイスに基づいて、写真を残している」

「そんな」

「あとは、お互いに対する牽制《けんせい》だろ。誰かがこのショーのことをばらしたら、みんな同罪ってわけだ。逃げられないように、全員が写って、それぞれが持っている」

立ち止まり、空を仰ぐ。きれいな夜空とは言い難い。暗い中にも、黒なのか灰色なのか雲が広がっているのが分かる。こちらの重い気持ちを反映するかのように、星なんて見えやしない。

「小玉は耐えている」風我は言った。

思い出したのは、少し前に小玉と会った時のことだ。「風我から聞いたんだけど、子供の時から大変だったんだってね」と彼女は言った。

何のことかは推測できた。親からの暴力、支配の話だろう。「二人で乗り越えてきたんだね。すごいなあ」

彼女が遠くに思いを馳《は》せるような言い方をしていたから、僕は単純に、同情され、感心されたのだと思い、「ああ、まあ、そうだね」と答えただけだった。

小玉のほうがよっぽど過酷な状況だとは、想像もしていなかった。僕たちは二人だが、彼女は一人で、ひたすら耐えているだけだったわけだ。

大袈裟ではなく、僕は心の中で嘆かずにはいられなかった。

自分が置かれている境遇のほうが、他人よりも大変、そう思う人間は多く、逆は稀《まれ》だ。彼女は後者で、無理するわけでもなく、僕たちを褒めてくれた。すごいなあ、と。

「すごいのは、小玉のほうだった」風我がぼそっと言った。

街路灯が足元を照らす中を、二人で歩きながら、自分のおなかの中にむずむずとした、欲望が湧きはじめた。性欲とは違う、もっと負の、言ってしまえば怒りや憤りなのだけれど、いても立ってもいられない思いが体に満ちはじめる。

「それで?」と訊ねた僕の言葉は、刺々《とげとげ》しかった。それで、風我、どうするんだ。今すぐこの足で、小玉の家に行く。そう言われるのを僕は待っていたかもしれない。訪問し、もし玄関を開けてもらえなかったのならガラスを割るなり、戸を壊すなりして侵入し、小玉の叔父に会うことはできる。会った後は? 何でもやればいい。

むずむずが煮立ち、僕の頭は熱でいっぱいになっていた。

「もっと落ち着いて考えないと駄目だ」風我が言った。

「俺は何も言ってないじゃないか」

「分かるよ。最初にこの事実を知った時の俺もそうだった。すぐに乗り込もうと思った。けれど、それじゃあだめだ。警察を呼ばれて、おしまい。そうだろ? あいつらのやっていることを暴くか、そうじゃなかったら、あいつらが警察を呼べない状況の時に、やるしかない」

「それなら」

「その、楽しいパーティ、ショー鑑賞会に行く」

風我はきっぱりと言う。自分の付き合う恋人が、ひどい目に遭っている現場に行く。その覚悟はすでにできているのだろう。

「チケット手に入るかな」冗談を言えるほどには、僕も少し気持ちを落ち着かせていた。

「売り切れだろうな」

「ファンクラブに入らないと」勢いで口にした僕の言葉は意外に、正鵠《せいこく》を射ていたのかもしれない。

「そうだよ。で、優我、ファンクラブに入るには、どうすればいいか分かるか？　現会員に紹介してもらうのが一番手っ取り早い」

「確かに」真っ先に思い浮かぶ人物がいる。ケーキ夫人の家のパソコンから、おぞましい小玉虐待画像が見つかったのだから、その持ち主は、会員なのだろう。

考えを口にするより前に、風我が、「いや、それは無理だったんだ」と言う。「亡くなっていたんだよ。ケーキ夫人の旦那は。突然死だと。まあ、ひどい趣味を持っていた罰かもな」

「罪と罰のバランスが合わない」死んでチャラになると思うなよ、とその男には言いたかった。

「まあな。とにかく、あのパソコンは持ち主が亡くなったから処分されたんだ。だから、そっちは当てにならない」

「じゃあ」どうする。

「記念撮影の画像の話は言っただろ」

「保険のための」

「そう。それを見ていたら、ひとり、どこかで会った顔があった。うろ覚えだったけれど、この男知ってるぞ、という奴がひとり」

「リサイクル回収先で会ったとか？」

「そういう感じでもなくてさ。写真で見たような記憶が」

「写真？」話の流れからすれば、風我はすでに答えに行き着いているのだろう。

「優我、小玉と最初に会った時のことを覚えてるだろ」

「最初に」

仙台駅構内で、小玉が誰かの財布を盗んだ時のことだ。その後で、財布を風我に渡したが、僕たちのアレが始まってしまい、ややこしくなった。

あれがどうかしたのか。

「あの時の財布がどうなったのか知ってるか？」

「そういえば」どうだったっけ。「確か、もう一度、小玉と会った時に渡したんだろ」

「そう。ただ、免許証は抜いてたんだ」

「何でまた」

「個人情報はお金になるし、免許証も役に立つことがある。何かに使えるんじゃないかって思ってな。特に考えがあったわけではなかった。おばさんに、他人の免許証ってお金に換えられないか、って相談はしたけど」

「何て言ってた」

「できると言えばできる。ただまあ、面倒な割に利益は少ないってさ。何だったら業者を紹介してくれそうだったけど。とにかく、それは机に突っ込んでそのままになっていた」

その話がどう繋がるのか想像できた。「その免許の男が」

「記念写真にも写ってたってわけだ」

「偶然？」

「じゃないだろ。小玉は駅でばったり会って、気づいたんじゃないか。不快な記憶が蘇って」

「ファンクラブの会員だ、と」

「とっさに動揺して、かっときたのか、焦ったのかは分からないが、とにかく財布を奪った。そんなところだろ」

「ええと話を戻すと」

「ファンクラブ会員の免許証を、俺は持っているってわけだ」

「やめてくれ」奥山《おくやま》は怯えに怯えていた。

椅子に縛り付けられ、身動きが取れないからだろうが、おまけに目隠しまでされているのだから、恐怖はあるだろうが、それにしてももっと落ち着けばいいのにと呆れたくなる。

身体を揺すり、それに合わせて椅子が動き、がたがたと音を出す。

我ながら、我ながらと言うべきだろうか、とにかく手際は良かったのかもしれない。

免許証の住所を頼りに、奥山を探し出し、数日尾行して行動パターンを調べたら、すぐ実行に移した。

顔を見れば、あの時の、と僕も思い出した。ファッションモデルのような、整った顔立ちをし、「今、こいつから財布受け取ったよね？」と僕に詰め寄ってきた男だ。若く見えたが、もしかするとそれなりの年齢なのかもしれない。

夜、その奥山に背後から近づき、布袋を頭に被《かぶ》せた。パニックになっているうちにワゴン車に乗せた。ワゴン車は、岩窟おばさんの店のものだ。むろん、年齢的にも無免許運転だったが、もともと運動神経が良いからか、見よう見まねでハンドルを握る風我は、危なげなく車を走らせることができた。

運び込んだのは、若林区の海沿いにある、一軒家だ。一軒家とはいえ、住人不在で、昔ながらの高いブロック塀といい、雑草が生え放題の庭といい、勝手に忍び込むのには最適だった。リサイクル回収で移動している際に見つけ、目星をつけていたのだ、と風我は言った。

やることはさほど難しいことではなかった。

縛り付けた奥山を怖がらせ、脅すだけ。

直接的に暴力を振るわずに、振るってもいいけれどこちらも痛いし疲れるから、痛めつけるぞ、というふりをし、追い込む。

おまえたちは何者だ。何の用がある。

奥山は喚《わめ》く。

清廉潔白な男とは思いにくかったから、身に覚えはいくつかあるのではないか。ひどい目に遭わせた女性も、小玉だけではないに違いない。

だから曖昧に、おまえに恨みを持つ者だ、と言えば、勝手に想像を巡らせ、勝手に戦慄し、勝手に命乞いをはじめた。

頃合いを見計らい、そもそもの用件を持ち出す。

小玉、という名前は出さず、奥山もその名前は知らない可能性もあったが、これこれこういった非合法的、非人道的、不道徳的な、イベントがあるそうだが、それに自分を連れて行ってほしい、と依頼した。依頼とはいえ、うなずく以外に選択肢のない話の仕方をした。

奥山は、そんなことで解放してもらえるなら、と言わんばかりに、すぐ飛びついてきた。

いったいどうやって懲らしめるのか、小玉の叔父たちに復讐《ふくしゅう》するのか。

僕たちの考えは簡単だった。

警察を呼ぶことができないショーの最中に、ただひたすら暴れる。

それだけだ。

ひねりも創意工夫もなかったが、人を懲らしめるのに、ひねりも工夫もいらない。いや、懲らしめるといった言葉は口実に過ぎない。僕たちは、怒りを爆発させたいだけだった。

「次のショーの時に頼む」と僕たちは奥山に言った。「悪趣味シルク・ド・ソレイユの予定は決まってるのか?」

この時、僕は単なる悪ノリでそう言ったのだけれど、のちに、本当のシルク・ド・ソレイユを見た時、あまりに感動して、冗談だったとはいえ、おぞましい犯罪ショーの譬《たと》えに使ったことを申し訳なく感じた。

閑話休題。

その後、僕たちは奥山に、次の公演日が決まったら連絡をするようにと念を押した。もし裏切るようなことがあれば、また同じように攫《さら》うだろう、今度は躊躇なく皮を剝ぐだろう、と言い聞かせると、こくこくと素直にうなずいた。驚くべきことではないかもしれないが、奥山には妻子が、モデルさながらの妻と幼い娘がいたから、「何かあれば家族に危害を加える。今度は、おまえの家族が水槽に入る番だぞ」と風我がためらうことなく言うと、「それだけは」と震えあがった。

その日、家に帰る途中で風我が呆れ果てたように、洩らした。「それだけは勘弁して、と言いたくなるようなことを他人にするのはどういう感覚なんだろうな」

「自分たちだけ幸せなら、あとは知らない。そういう人間は多いよ」

「いつだって、馬鹿を見るのは」風我は言いかけたところで、「そういえば、弁護士の話聞いたか」と思い出したように続けた。

「どこの弁護士」

「仲良しファンクラブの」風我は嫌悪感丸出しの口調だった。ショーを観に来る客のことだろう。「どういう話」

「あの奥山を痛めつけた時、話してきたんだよ。俺よりよっぽど悪い奴がいるから、そっちを狙えってな」

たぶん僕がいなかった時のやり取りなのだろう。「有能な弁護士を紹介してくれたのか」

「金のためなら何でもやるらしいんだけど、ほら、たとえばあの事件」

「どの事件」

「小学生が轢き逃げされた」

「ああ」自分の頭の温度が一瞬で上昇した。大きな泡がひとつ弾《はじ》け、中から憤りと悔恨が噴き出す。あの女子児童のことだ。思い出す機会が減っていたから、あの傷はすっかり治り、新しい皮膚によって消えたのだと安心していた。消えてはいなかった。記憶の網に絡まる糸のようで、ほどくこともできず、ちょっとした記憶への刺激、振動によってあの場面が顔を出す。あのシロクマのぬいぐるみ、あの心細そうな表情、だ。あの少女のことを、生涯、忘れることができないのではないか、とそのことが恐ろしくなった。

「びっくりするくらい刑が軽かったらしい」

「そんなわけあるか。わざと轢いたんだろ?」岩窟おばさんがそう言っていたではないか。

「噂では」

小学生を逃げられないように立たせ、車で何度も激突した、という信じがたい話だった。

「あれ、本当らしいけどな」風我が眉をひそめた。

「まさか」

風我は苦痛に満ちた表情のまま、かぶりを振る。

「それはすでに、事故じゃない。悪質な犯罪、殺人事件だ」

「ただ、敏腕弁護士が頑張った。犯人の両親は資産家なんだと」

「シサンカ、シサンカ、シサンジュウニ」僕は音の響きから連想した、駄洒落とも言えない駄洒落を口にする。

「あの犯人はもう社会に戻っているって話だ」

「そんなひどいことをやった奴が？」

「未成年、しかも十五歳ってのはかなり、若い」

「若いからどうっていうんだ」

「運転の誤りで故意はない。事故のあと、必死に少女を助けようとした」

「逃げたんだろ？」

「助けようとはした、と弁護士は主張したんだろう。まだ十五歳、反省、助ける気持ちはあった、動揺しただけだ、使えるカードは片端から使って、刑を軽くしたらしい。頑張り屋さんだよなあ」おどけるように言いながらも風我の目は怒っている。

「弁護士の知り合いの養子にして、悠々と暮らしているらしい。俺はそう聞いた」

「毎日、反省しながらだったらいいけれど」

「そうに決まってるだろ」風我は心にもないことを、無感情に洩らした。


小玉の家、正しく言うのならば小玉が居候している、その叔父の邸宅は夜の暗さの中で、ふんぞり返る王様じみた貫禄《かんろく》を備えていた。何階建てなのか把握できないような複雑な形をし、門扉近くにはあからさまに防犯カメラが設置されている。訪問客用のインターフォンはあったが、奥山はそれは使わず、防犯カメラ近くに隠された、小さな突起を押し、そこのスピーカーマイクを使って、話をした。

手招きされ、僕も、奥山の隣に立つ。

防犯カメラでチェックしているのだろう。

事前に、奥山は、僕を連れてくることは説明してくれていた。

もちろん来るものは拒まず、誰でも会員にしますよ、という集まりではない。事前に、奥山には、僕がどういった人間であるのか、仲間に入れるに相応《ふさわ》しい人物なのかどうか、としつこいリサーチが入った。

奥山は僕たちの言いなりで、ショー鑑賞に同行させてくれればすべて許す、二度と関わらない、もし同行できなかった時は完膚なきまでにおまえの人生を破壊する、という言葉を信じ切り、僕が招待に値することを必死に説明した。

主催者の叔父を納得させるためには、当該人物、つまり僕が、金銭的に裕福であること、そして嗜虐的趣味を持っていること、警察に通報するわけがないことをアピールするのが効果的だろう。現役高校生であることは隠せても、若いことはすぐにばれる。若くして成功した男に成りすますのは、現実的ではない。仕方がなく、とある裕福な家庭のおぼっちゃん、という設定にし、それらしく思える証拠を用意した。市内の資産家の中から条件に合いそうな人をピックアップし、偽の住民票や偽の免許証を作り、このあたりは、岩窟おばさんから紹介してもらった業者任せだったが、僕がそこの息子だと勘違いさせた。なけなしの貯金をほとんど使った。

「非常に暴力的で、欲望を抑えられないために、女性に対する悪いことを何度かやったが、親の力を使い表沙汰にならずに済んだ」という捏造《ねつぞう》したエピソードも用意した。

当然、公的機関相手であれば、そのようなでっち上げはすぐにばれるが、小玉の叔父には真実を調べる能力はない。さらにショーの鑑賞者が通常支払う額よりも、かなり高額を支払うことを仄《ほの》めかすと、簡単に惹《ひ》かれた。

「金の亡者もじゃもじゃ」風我が語呂を楽しむように呟《つぶや》いた。

「お金はどうしよう」鑑賞料は、もちろんそのような名称ではないが、当日、前払いとなるという話だった。痕跡の残らぬ現金払いになるらしい。「見せ金と言うのかな」

「そんなのはどうにでもなるだろ。変な話、カラーコピーでもいい」

「カラーコピー？　紙幣の？」

法に触れることは知っていたが、僕が聞き返したのは、そんな細工はすぐにばれるのではないかという恐れからだった。バッグに入れて渡したところで、中身をチェックされたら、偽物なのはすぐ分かる。

「さすがに危険過ぎる」

「じゃあ、借りるしかない」

今なら、消費者ローンやカードローンを使うかもしれないが、当時の年齢ではそれも難しかった。借りる当てはあるのか、とは訊かなかった。あの時の僕たちが頼れる大人といえば、一人しかいなかったのだ。

「おまえたちにお金を貸したくはなかったんだ」おばさんは言った。

お金が間に入った瞬間、その人間関係は終わるのだ、と。「お金を知り合いに借りるのは、最後の最後、ほかに手がない時に、相手と縁が切れることを覚悟したうえじゃないと駄目なんだよ」

　そこまで言われて僕たち二人は固まった。岩窟おばさんは、風我の雇い主だったが、それ以上に、僕たちにとっては貴重な年上の知人で、相談したこともなければ、仕事以外で会ったこともなかったのだけれど、大事な存在だったのだと初めて分かった。縁が切れる、と想像した途端、急に心細くなり、背中で寄りかかっていた木が突然、消えてしまうように思えた。

　だから僕は、撤回しかけた。お金は別の方法で用意すればいい、と。

「おばさん、それでも頼むよ」風我は違った。小玉のことを考えれば、おばさんとの関係が切れる切れないで悩む余裕はなかったのだろう。

「一日だけ借りる。返す。必ず返す。だけど必要なんだ」

　岩窟おばさんの顔つきが厳しくなったのはその時だった。以前も以降も、そんな厳しいおばさんは見たことがない。「風我、必ず、なんて言うな。必ずなんて断言できることはないよ。いつか人は死ぬ、ってことくらいなんだから。安易に使ったらいけない。わたしは、おまえを信用しているけれど、必ず守る、と口にした時点で信用しないよ」

　風我はぐっと押されたような表情だったが、「それでも、おばさん、絶対だ。必ず返すから貸してほしい」と強い口調で言った。

おばさんはとても悲しそうに俯《うつむ》いた後、少しして顔を上げた。自分を励ますためにか無理やり微笑《ほほえ》んでいるのが分かった。

風我が親指を立てた右手を、僕に向かって、くいくいと振った。例の、昔から僕たちの間で使われるサインだ。「頼む」「あとは頼む」

仕方がなく、僕も風我に同調した。頭を下げ、「おばさん、貸してくれ」と。

おばさんは頭をゆっくりと振り、大きく溜め息を吐いた。「優我、おまえは頭がいいんだから、お金を貸すこと自体はまったく問題ないことくらいは分かってるだろ。わたしが言ってるのは、お金の話を持ち出すのはそれなりに覚悟がいるってことだ。おまえたちとわたしとの関係は壊れるかもしれないよ、と。それを分かった上で、おまえたちが金を貸してほしいと言ってくるのが寂しいだけでね、お金を貸すのは別にいいんだって」

僕と風我は深く頭を下げた。

言葉でいろいろ弁解やお詫《わ》びを口にしても、意味がない。

これで、僕たちとおばさんとの関係には亀裂が入ったのかもしれないが、いつかきっとそのひび割れも埋まるはずだ、埋めてみせるのだ。

僕はそう思ったし、風我もそうだったろう。

借りたのは二百万だった。束にすれば、さほど厚くない。拍子抜けするほどだった。

これくらいで、小玉の叔父に裕福さをアピールできるのかと不安になったが、一夜だけのイベントの参加費として、顔色変えずに二百万をぽんと出すことは簡単にできることではない。

「たぶん、一回、参加するくらいならば、それでいけると思います」奥山もそう言った。「ただ一人分です」

どちらが行くか、となれば、僕だった。「俺が行ったら、叔父を見たとたん、冷静さを失いそうだから」と風我もうなずいた。

玄関をくぐったところで、真っ先にボディチェックをされた。一般家庭ではあるから、黒服の屈強外国人が立ち塞がることはなく、中肉中背の中年男性が、警棒じみた、ゴムなのかしなるような棒を片手に、「ポケットの中のものを全部出せ」「後ろを向け」と指示を出してきた。

正体が知られたところで、さほど困らなかったものの、できるならば自分の身元は明かしたくない。髪を極端に短くし、眼鏡をかけ、普段の印象とは変えてきていた。当初は、鬘《かつら》のような、髪型を変えるものも検討したがやめたのは、正解だった。

このボディチェックの際にばれていたに違いない。

　身体検査が終わると、いくつか質問をされた。そのあたりで、どうやらこの男が、小玉の叔父なのだと分かった。

　彼は、あまりにも僕が若いせいか、何しろ十代だ、訝《いぶか》るように何度も睨むようにしてきた。

　適度に怯えながら、適度に強がってみせた。自分は裕福な資産家の息子で、倫理観の欠如した自己中心的な若者だ、と自己暗示をかけるようにし、そう振る舞った。学生証を持ってくるように、とは事前に言われていた。もちろん僕は、偽装した物をそれらしく差し出しただけだ。

　別の訪問者が来たことで、僕は解放された。「中に入っていて」と言われ、奥山がうなずく。

　奥山は、馴染《なじ》みのトレーニングジムに来たかのように、慣れた様子で地下への階段を下りていく。

　ただでさえ立派な家なのに、さらに地下があるのか。自分の家の安アパートを思い出し、その差に苦笑したくなる。他者を羨むことはとっくに、子供のころにやめていた。底の底で暮らす僕たちからすれば、上を見て羨み始めたら、ほとんどすべてをやっかむことになる。

「地下室？」高杉がそこでまた口を挟んだ。

「普通の一戸建てに、あったんですよ。金持ちはいろいろ考えますよね。出る杭《くい》は打たれるから、地下に潜っていくことにしたんですかね」

僕の発言がくだらなかったとはいえ、高杉は耳に入っていないかのようで、「どこの街に？」と訊ねてくる。

「地下室を持つ富豪の家、みたいな番組でも作るつもりですか。珍しくもないような気がしますけど」

カラオケやトレーニング用の部屋を地下に作る人は、それなりにいるだろう。

「どんな部屋か覚えているかい」

これまでの僕の話、子供のころから十代にかけての物語よりも、地下室のほうに興味を抱かれるのはやはり愉快ではなく、僕はむっとした。

どんな部屋かはこれから説明しますよ。

階段の先には、大きな部屋があった。

「ここは防音で」奥山が説明した。彼は、自分を攫って脅してきたのが、僕だとは気づいていない。高校生と予想もしていないだろう。僕と風我は、「一人、ある人物をそのショーに連れて行け」と命令したから、あくまでも僕とその犯人たちは別人だと思っているのではないか。以前に一度、仙台駅で顔を合わせているはずだが、そのこともすでに覚えていないようだった。

黙ったまま、部屋を観察する。

ほとんど無料に近いアマチュアバンドの演奏を観たことが数回あったが、そういったライブハウスをかなり小さくしたような部屋だった。

天井にはいくつも照明があり、壁は真っ白だ。床は少しクッションの入った素材を使っているのかもしれない。ビニールでコーティングされているのか、つるつるとしている。

異彩を放っているのは、部屋の真ん中にある、巨大なガラスの箱だった。マジックショーの会場のように思えてくる。高さは二メートルほどあるかもしれない。

台の上に置かれていた。

下部に管がついており、そこからチューブじみたものが部屋の奥へ伸びている。あれを使って注水するのだろうか。

後ろから、ほかの者たちが入ってきた。

鑑賞者は僕と奥山を除いて、ほかに四人だった。常連客なのだろうが、互いに言葉を交わすこともなく、それぞれがばらばらに、あたかもそこがいつもの指定席かのように立っていた。

僕は手持無沙汰ながら、奥山の近くに並んだ。

音楽が流れるわけでもなく、しんとしている。居心地は良くないが、この居心地の悪さこそが、道徳に背く疚《やま》しさを際立たせているのかもしれない。

自分の鼓動が速くなっている。

脚が震えているのも分かった。良くないことがはじまる。恐ろしく不快で、おぞましいことがこれから行われ、それを見ることになる。

そう思うと、体の内側にぞわぞわと虫が這《は》うような気持ち悪さに襲われた。さらに、その気持ち悪さの中に、期待感にも似た、つまりどこか高揚に近いものも含まれていることに気づき、内臓をぜんぶ外に吐き出し、自分の正気を保ちたくなる。

ライブ開始の合図もなく、唐突にそれはスタートした。

電気が落ちる。僕たちのいる周辺は暗くなったが、水槽の周囲は明るかった。そして奥のドアが開いたと思うと、ぱりっとした背広を着た小玉の叔父が、小玉を連れてくる。

顔を背けてはいけない。

そう言い聞かせていたからどうにか我慢できたが、両手両足を鎖のようなもので繋がれた小玉の姿には目を逸らしたくなる。

けれど僕は、その、目を背けたくなるものに目のない、背徳が好物の資産家の息子として振る舞わなくてはならないから、舌なめずりしながら鎖付き少女を眺めるような、ふりをした。

観客からは拍手も起きない。この静かさが、より残酷に思えた。

小玉の叔父が何か言った。ほとんど聞こえない声だったが、それは僕の頭が朦朧《もうろう》としていたからかもしれない。

小玉は水槽の横に立つとお辞儀をした。顔に表情はなかった。慣れているわけではないだろう。諦めている。彼女の人生において、これは、これに類似することはあまりに頻繁に起きているのだ。

まだだ。

僕は自分に言う。それは風我の言葉でもあるだろう。

小玉が水槽のそばに立つ。水はかなり深く、やはり二メートル近くはあるのではないだろうか、上部へたどり着くために階段が脇に設置されている。

小玉の叔父はほとんど指示を出さなかった。もはや小玉が抵抗せず、従順に従うから、特に警戒する必要も、強制する必要もないのかもしれない。

そこでふと、今年の夏、三人で海に行った時の、小玉が頭に浮かんだ。菖蒲田《しょうぶた》海水浴場の広い海岸は、シートやパラソルで埋まっており、空いている場所をどうにか見つけると風我は、解き放たれた犬のように海へと駆けた。

僕はすっかり出遅れ、小玉が、「風我、海好きなんだね」と言った。「子供のころから来てるの?」

彼女はそう訊ねてきたが、もちろん我が常盤家の歴史上、家族で海水浴に来るなどという出来事はひとつもない。そもそも家族旅行もほぼゼロだ。

僕はかぶりを振った後で正直に話す。「はじめてなんだ」

「はじめて?」

「海」

「今日が?」

岩窟おばさんのリサイクルショップを手伝う中で、沿岸部のエリアに来たことはあるし、トラックの助手席や荷台から海を眺めることは何度もあった。けれど、これほどまでに海の近くに来たのは初めてで、僕自身も高揚感があった。海は広いな大きいな、の歌が、あまりにすべてを表現している、と思った。

「風我、海、初かあ」小玉はなぜか嬉しそうで、早くあとを追いたかったからかいそいそと、服を脱ぎはじめる。着用済みの水着姿になると、両手をばさばさと動かして恥ずかしそうにし、「これ、ちょっと露出度高いかな」と聞いてきた。

水着に詳しくない僕からしても、学校用の水着を少しおしゃれに変換したようなそれは、露出度が高くはなかったが、彼女は照れ臭そうだった。「風我！」と名前を呼ぶと砂を蹴り、一目散に海を目指した。

その時の小玉と、今、僕の前にいる小玉が同一人物には見えない。

無表情でその階段を上っている。魂の抜けた人形じみている。

どちらが本当の小玉なのだろう。そう思った。

僕からすれば、風我の隣でいつもにこにこし、じゃれ合うようにしている小玉が、真実の彼女だと感じた。けれど彼女の人生の大半は、この家での時間のはずで、そう考えればこの環境、この姿こそが真の小玉と判断できるのかもしれない。風我といる時は、風我と自分のために笑顔を作り、楽しい自分を演じていたのではないか。

今思い出せば、あの海の時、駆け出す直前に小玉は僕に、「楽しい記憶でどんどん上書き」と言った。どういう意味なのか分からず、過去に海で溺れるような嫌な記憶でもあったのだろうか、と想像するほかなかったが、もしかするとこの水槽のことが関係していたのかもしれない。

胸がぎゅっとつかまれるように痛くなった。視界が霞《かす》む感覚になる。

閑話休題、という言葉を思い出す。

余談の後に、「それはさておき」と本筋に戻るときに使われる接続詞だ。小玉も僕たちも、この恵まれているとは言い難い人生に、突如、「閑話休題」が現れ、本当の、もっとマシな日々が現れてくれないものだろうか。そう願ってしまう。

水が跳ねる音がした。

水槽に、小玉が沈んだのだ。叔父が何をどう操作したのか、水槽の蓋が閉じる。水はほとんど水槽一杯で、手足の鎖のせいで小玉は沈む。それほど長くはない髪が、無数の細い手のように弱々しく、伸びる。かろうじて吸い込んでいた空気が、命の泡のごとく吐き出されると、あとは苦悶《くもん》の表情を浮かべるだけとなる。

音もなく、海月《くらげ》のように揺れる、白い体は幻想的な美しさもあったが、彼女の顔はおぞましいほどに歪んでいるものだから、混乱した。

まわりの常連客たちは、いるのかいないのか分からないほど静かに、立っている。近くの、奥山が唾を呑《の》み込む音が聞こえた。

見ていられなかった。水の中の小玉が、恐ろしい形相で悶《もだ》えていること自体、現実味がない。だってこのままでは死んでしまうではないか。脳が、考えることを放棄している。人がこんなところで、梱包作業を進めるかのようなやり方で、死ぬなんてことがあるのだろうか。あってはいけないではないか。ということは、これは、「ない」ことなのだ。

水槽の水が少しずつ減っていた。これも叔父による操作なのだろう。見れば、コントローラーのようなものをつかんでいる。水槽のどこに排水口があるのか、ゆっくりと水量が減る仕組みらしい。かろうじて意識が残っていたのか、小玉が水面に顔を出す。餓死寸前の動物が、なりふり構わず、目の前の植物にむしゃぶりつくような、醜いばかりの必死さが、彼女の恐怖を表していた。

水は、水槽の半分あたりの高さで維持されたままで、小玉はそこに、嗚咽《おえつ》しながら浮かんでいる。気を抜けば鎖の重さで沈むだろう。白い脚を一生懸命動かし、もがいている。

そして、また水が増やされる。小玉が苦しむ。やはり僕は見ているのに、見ていない。

夢を見ている。夢だということにしたい。そう思いながらも、僕の内側で赤黒い岩漿《がんしょう》が、熱く煮立っている。

どうにかしなくては、という思いと、全部壊してやる、という思いが僕をその場につなぎ留めている。

それとなく腕時計を確認し、アレが来るまでの時間を確認した。

「ちょっと待ってくれ」

高杉は、僕がここで質問を挟んでほしいと思っていたところで、割り込んできてくれた。何を言いたいのかは分かっていたから、「そうなんですよ」と先回りした。

もある。


「その日、例の、誕生日でした」

「たまたま?」彼が驚くのも無理はないかもしれない。

小玉のおぞましいショーは頻繁に開催されているわけではなかった。月に一度あるかないか、といった雰囲気で、だからこそ小玉は生き延びてこられたという側面もある。

その貴重な公演日が、たまたま僕たちのアレが起きる誕生日だったなんて、あまりに出来すぎている。高杉はそう感じたのだろう。

「たまたまではないんですよ」僕は言う。「逆です」

「何の逆?」

「誕生日だったから開催されたんですよ」

奥山からの電話で、次の開催日を聞かされた時、僕たちも、「偶然?」と二人で顔を見合わせた。

「何でも」と彼は説明した。「何でも、あの女の恋人の誕生日らしいんですよ」

まさか喋っている相手が、当の恋人とは想像もしていなかっただろう。

「彼氏の誕生日を祝うどころか、会うこともできず、水槽のイベントやらされるわけですから」

奥山の声は、心なしか弾んでいた。その台詞の後に続くのは、「可哀想《かわいそう》だ」というような同情の言葉ではなく、「余計に興奮する」といった、嗜虐主義、他者を支配する喜びを露わにする言葉だったに違いない。

小玉の叔父は、小玉に恋人がいることはすでに知っており、もしかすると小玉がうっかり、誕生日の予定を洩らしてしまったのかもしれない。

「報告が義務付けられているのかもな」風我はそう言った。

「恋人の誕生日を?」

「全部だよ。生活のすべて。誰と会ったか、誰と何をしたのか。小玉は十年以上、そういう人生を送ってきたんだろう。支配されている」

「そう感じる時はあるのか」

「俺たちと似ている、と思うことはある」風我は淡々と話した。「家は地獄で、外にいる時だけ生きていられる。だけど、外の自分は本当の自分ではない。そういう感じが、小玉にはあったから」

十代後半ともなれば、僕たちも体は大きくなり、特に風我は体を動かす仕事をしつつ、岩窟おばさんのお店に置かれた、中古のジム用品を使って筋トレをやっていたから、腕力はついていた。小さいころに比べて、あの男、父親の力に対する恐怖は減っていたとも言えるが、ただ依然として、同じ空間にいれば、緊張感で胃が痛くなった。あの男も、成長した僕たちには警戒していたのだろうが、不意に暴力を振るってくることはあって、しかもやり方がより狡猾《こうかつ》になってきたものだから、家にいることは変わらず地獄だった。

とにかく奥山が言うには、その日が小玉の彼氏、風我の誕生日であるからこそ、彼女は水槽に沈むことになるとのことだった。

「誕生日、小玉と水族館に行く予定なんだけどな」奥山との電話の後で、風我が話してくれた。「俺もその日は仕事休むことにしてある」

「ああ、言ってたよな」

毎年、誕生日のお互いの予定は細かく共有する必要がある。十時から夜まで、二時間おきに入れ替わりが起き、場合によっては相手に成りすまさなくてはいけないのだ。時間帯によっては、デートの一番楽しいところを、跳んできた僕が体験してしまう可能性もあるから、予定の確認は必須だ。

「今のところ、小玉は予定を変更するようなことは言ってきていない」

「奥山の伝えてきた予定は嘘かもしれないな」

僕は言ったが、風我は同意しなかった。「たぶん、当日小玉はキャンセルしてくるんじゃないかな。体調を崩したとか言って。そのほうが自然だ」それにしても、よりによって水族館か、と独り言のように呟いた。水槽の魚を見るのではなく、水槽の中に入るのか、と。

デートで水族館に行くことを決めたのは小玉のほうだったということだった。その時は言えなかったが、やはりあれも、彼女なりに「上書き」を期待していたのかもしれない。

誕生日の当日、朝起きると洗面所で、風我がスマートフォンを握り締め、歯を食いしばった苦しげな顔をしていた。

どうしたんだ。家ではいつもそうするように声を落として訊ねたところ、スマートフォンに届いたメールを見せてくれた。

急に高熱が出て今日のデートに行けない旨が書かれている。楽しみにしていたのに残念、ともあった。

「本当に残念だろうな」僕は、このメールを打っている時の小玉の気持ちを想像すると、胸に矢が刺さるかのように痛かった。

風我は答えず、受け取ったスマートフォンをつかむと、顔を引き攣らせた。

「やめろ」僕が言わなければ、たぶん感情に任せて、スマートフォンを投げつけていた。気持ちは分かるが、瞬間的な怒りで壊してしまうには、スマートフォンは高価すぎる。

いったいどこまで話しただろうか。

そうだった。時計を確認したところだ。

水槽で苦悶する小玉を眺めながら、そろそろ、二十時十分が来ることを確認する。この時間に関しては、運が良かったのかもしれない。一時間前では早すぎ、一時間後では遅すぎた。

その日がもし誕生日でなかったらどうしてたか？

大きな違いはなかっただろう。

僕たちはこの会を破壊したかっただけだ。小玉を支配して、蹂躙《じゅうりん》して、安全地帯にいる者たちを壊したかっただけだから、二人で強引に参加して、暴れたに違いない。入り口のボディチェックのせいで、武器や道具は持ち込めなかったとしても、二人で、ブレーキなしのアクセル踏みっぱなしの車のように暴れれば、おそらく小玉の叔父を動けなくさせることくらいは余裕だったろう。だけどせっかくの誕生日、僕たちにとって貴重な一日がその日に当たっているのならば、特別なことをしたくなる。

だから僕たちはやることにした。くだらない、自己満足の悪ふざけを、だ。

二十時十分になる前、僕と風我が持っている腕時計は秒単位で調整してある。一分前あたりからは、自分の中でカウントダウンをする。過去に何度か練習をしたため、かなり正確に秒読みができた。

一分前で、僕は動いた。

水槽内では、小玉が苦しんでいる。

「そこまで！」と大声を出し、手を挙げた。しんとしている室内に反響するものだから、みなが驚いたはずだ。水槽の前まで歩み出て、「こんなことをして許されると思ってるのか！」と僕は喚いた。

流石《さすが》と言うべきか、小玉の叔父はそれでも反応が早かった。さっと姿を消したかと思うと、長いものを持って現れた。

それが何であるのか、瞬時に分からなかったのが良かったのだろう。猟銃だと判断できていたら、その場で動けなかった。

「こんなことは許されない。人を支配する奴は許さない」

そんな台詞を笑わずに言えたのは、怒りのおかげだ。こうしている間にも、水槽内で小玉が溺れているのだ。というよりも、小玉の叔父が操作しなければ、水位が下がらなくて本当に致命的になるのでは？　と怖くなったがもはや時間はない。

入れ替わる時間まで、わずかしかない。やるべきことをやらなくては。どんなにくだらないことであっても、これは風我との約束だ。

「おまえたちに驚くものを見せてやる。変身ヒーローなんていないと思ってるだろうけど」

僕はまわりを見渡す。茫然《ぼうぜん》と立つ男たちがいる。

なんでおまえたちみたいな人間が、平気な顔をして生きていられるのか、と問い質《ただ》したかった。不快感で吐きそうだ。

「実は、いるんだよ」僕は言う。「見せてやる」

僕は体を動かす。風我と何度か練習した。脚を少し広げ、ささっと腕を振った後で回転させる。

脳裏をよぎったのは、あの女の子だ。母親と喧嘩し、ランドセルを背負って家出をし、その結果、未成年の男に轢き殺された少女だ。

ぬいぐるみを抱えながら、突進してくる車に潰される映像が浮かび、慌てて、それを消し去る。

あの時のかわりに、と僕は、そして風我も、思っていたのかもしれない。

小玉は、あの女子児童ではない。これは、やり直しではないし、敗者復活戦とも異なる。ただ誰かを助けることで、心に空いた陰鬱な穴を、少し埋めたかったのだ。

おそらく人生において、二度と口にしないだろう決め台詞を発した。

「変身」

ちょうど体がぴりぴりとした膜で覆われるのと同時だ。

跳び終え、前を向くとすぐ目の前に人がいたものだから、慌てた。悲鳴を上げていたかもしれない。少しして、鏡に映る自分だと気づく。

狭いロッカーの中に思えた。いったい何事か、と混乱する。試着室だった。

「服のほう、大丈夫でしょうか？」後ろのカーテン越しに呼びかけられた。洋服屋の試着室なのだろう。ハンガーにジャケットがかかっている。風我が選んで入ったのかもしれない。風我が脱いだと思しき服が紙袋に詰まっており、それは持ち帰ることにした。つけていた眼鏡を外し、ポケットに突っ込む。外に出て店員にジャケットを手渡しし、買わないことを告げた。

店外に出て周囲を見渡す。家から徒歩で三十分ほどかかる県道沿いの衣料量販店だと分かった。

風我はこんなところまで来て、何をしていたのか。疑問に思ったのは一瞬で、すぐに見当はつく。着替えやすい場所を選んだ結果に違いない。自分の服装チェックもできる。

そこから自転車で、岩窟おばさんの店舗へ向かった。待ち合わせ場所に困った時はいつだってここを使う。物置や倉庫の並ぶ店舗は、おばさんの住居でもあって、夜になれば奥の部屋でテレビを観たり、マリオブラザーズをやったりして過ごしている。

おばさんの店の前で待った。やることはなかったが、外で時間を潰すのは子供のころからの日課だったから、数少ない特技の一つだ。ガードレールによりかかり空を見て、暗い幕の上をゆっくりと移動する薄暗い雲の動きを眺め、月が覆われ、また姿を現す、その繰り返しを観察した。

果たして風我はどうなったのか。

無事に終わったのか。

そもそも、何をもって無事に終わったことになるのだろうか。

先ほどの、あの部屋でのことが現実のこととは思えなかった。

真っ白の部屋に置かれた水槽、注がれる水と、その中でもがく女と、揺らめく髪、諦めに満ちた顔と、苦悶の表情、あれは本当にあったのだろうか。

また首を傾ける。音もなく流れていく雲が、空を撫《な》でていく。夜の寝息が聞こえてきそうな静寂さの中で、町のあちこち、世界のあちこちでは、恐ろしいことが起きている。それは間違いない。子供のころの僕たちがあの男に嬲《なぶ》られていた時、たとえばサラダ油を塗りどうにか風我を助けようとしたあの時も、夜はこんなにひっそりとしていたのだろう。僕たちの悲鳴や助けを求める声は、どこにも届かなかったわけだ。そう思うと無力さに愕然とし、同時に、よく生き延びてきたものだなと感心した。

小玉のこと以上に、風我が心配だった。

覚悟をし、状況を想像してはいただろうが、あの部屋に突然、足を踏み入れ、さらには小玉の痛ましい姿を見たら、正気を失うのではないか。少なくとも平静ではいられないはずだ。

小玉の叔父やあの場の参加者たちに、度を越えた暴力を振るう可能性は高い。僕ですら、あそこで人の命を奪う道具を所持していたら、興奮に任せて、誰かを殺害していたかもしれない。ためらう理由はなかった。

だから風我が手に長い棒、工事現場で拾ったような鉄筋棒を持って、もう一方の手には紙袋を提げ、とぼとぼ歩いてきた時、その姿を見た時は慌てて駆け寄り、「大丈夫だったか？」と訊ねた。やりすぎなかったか？　警察沙汰にならなかったか？　という意味合いだった。

「何とか」風我の声は、はっきりとは聞こえない。「あの男、銃持ってたぞ」

僕は、彼の姿を把握すると噴き出しそうになったが、「見た」と答えた。「まあ、さすがに撃てないだろうけど」

「いや、撃ってきた」

「撃ったのかよ」

「だけど外れた。周りの奴らが大騒ぎだった」

「小玉は？」

「ああ、うん。大丈夫だと思う。水槽を叩き割って、脱出させた」と鉄の棒を少し持ち上げる。

「置いてきたのか。そのまま？」

「俺だとばれないほうがいいだろ」

改めて僕は、風我の恰好を確かめる。よくもまあ、と感心した。顔の上、額から鼻の上あたりまでを、怪傑ゾロでも意識したのか、目の部分だけが空いたマスクをつけている。風我が好きそうな、濃い青色だ。体もツナギの紺の服だ。バイク乗り用のものなのか作業用のものなのか、胸のあたりまでファスナーが下がり、襟を立てている。

髪は濡れており、よく見ればツナギの服もあちこちが湿っている。

「っぽく見えるか？」風我が訊ねた。

僕と風我が入れ替わる時、近くにいる人間はほんの一瞬ではあるが、動きが止まる。だから、僕のかわりに出現した風我が、ヒーローのような恰好をしていれば、

「まさに変身したように見えるんじゃないか?」と風我はそう考えたのだ。

バカバカしい、と僕は一笑に付しかけたが、最終的に同意したのは、子供のころ、変身したヒーローの力がほしいと祈っていたことを思い出したからだった。子供の純真で、切実な願いが叶《かな》うことがあってもいいだろう。

「まあ、それなりに」

「あいつらにはどう見えたんだろうな」

それからやっと、跳んだ後の風我の行動について聞けた。

風我はあの部屋に現れると、まずは水槽にぎょっとした。その中に小玉がいることは分かったが、よくは確認しなかったという。「見たら頭のねじが飛ぶのは想像できたし、とにかく、必死だった」

持っていた鉄筋棒を振り回し、すぐに水槽を叩き割った。水が溢れ出したことで、小玉の叔父はその場で転んだ。風我もバランスを崩したが、倒れはしなかった。

水槽から流れ出るように倒れた小玉の姿を見た時は、駆け寄りそうになったが、体勢を崩しながらも叔父が猟銃を向けてきたものだから、慌てて床に転がった。銃声がして誰かが喚いた。

風我は立つと、躊躇することなく叔父に駆け寄り、鉄筋棒を思い切り振った。

「頭を狙ったんだけど、ずれた」風我は何事もないように言う。「背中をぶっ叩いていた」

小玉の叔父は動物の鳴き声のような音を口から吐き出して、動かなくなったという。

「息はしてたよ。あとは、その場にいた奴らを殴った。あっちはパニック状態だからな、簡単だった。何かする前に勝手に転んで、腰が抜けたみたいになっていたから」

「どうしたんだ」

「股間は潰した。一人には逃げられたが」「嘘だろ」「弁護士かな。逃げ足が速かったんだ」

そうじゃなくて、それ以外の男たちの股間を本当に潰したのか？　と訊ねたかったが、その前に彼が、「あとこれ」と紙袋を掲げた。

覗けば一万円札がたくさん入っている。岩窟おばさんから借りた分は持って帰ってくる話にはなっていたものの、それよりもはるかに多い。

「どさっと置いてあったから、適当に入れてきた」

「これは」紙幣の束のほかに、小さなカードが何枚か入っている。

「そこにあるのを全部、入れてきただけだから」

取り出してみれば名刺だった。僕が出した、学生証、偽の学生証も含まれている。

名刺は、あの会員限定ショーの鑑賞者の物だろう。

地下室での騒動については表沙汰にならなかった。

たぶん、と僕は想像する。あの場にいた参加者の誰かが、うまく処理したのではないだろうか。えげつない水槽イベントを隠すために、だ。

小玉の叔父は、どの神経をやられたのかは知らないが、体を動かすことはもちろん喋ることもできなくなったらしい。叔父の家族はほとんど離散しているようなものだったが、誰かが施設に押し込んだという。


これが僕と颪我の高校時代の大きな出来事、小玉救出の顚末《てんまつ》だ。

叔父から解放された小玉は、颪我と同棲《どうせい》生活を開始することになった。つまりそれは、僕が生まれてはじめて、双子の弟なしでの日常生活を送ることを意味した。

心細さはあったが、颪我だけでも安全地帯で幸せになってくれれば、とも思った。自分の片割れが無事ならそれで、と。

「優我も家を出ろよ」後ろめたかったのか、颪我に言われたのは一度だけではなかった。「何ならうちで三人で」

「さすがにそれは。大学に入ったら一人暮らしをする」大学生になれば、アルバイトで家賃を払えるだろうと思った。

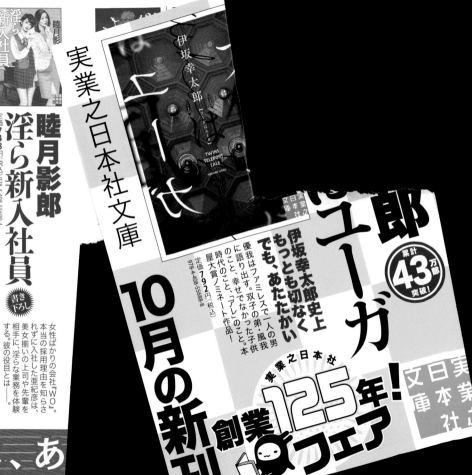

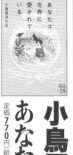

定価770円（税込） 978-4-408-55697-0

西村京太郎
十津川警部 出雲《いずも》伝説と木次《きすき》線

神話の里に悪の銃声が響く！

スサノオの神社を潰せ。さもなくば人質は全員死ぬ！ 奥出雲の神話の里を走るトロッコ列車がトレインジャックされた。犯人が出した要求は？

定価759円（税込） 978-4-408-5569

羽田圭介
5時過ぎランチ

ヤバい仕事の後は腹が減る――

ガソリンスタンドの女性ベテランアルバイト、アレルギー持ちの殺し屋、写真週刊誌の女性編集者……三人が遭遇した限りなく過酷で危険な〈お仕事〉とは？

※定価はすべて税込価格です（2021年10月現在）13桁の数字はISBNコードです。ご注文の際にご利用ください。

伊坂幸太郎
フーガは

捜査〈新装版〉

-692-5

原発で起こった死亡事故。所轄省庁や電力会社は、暴力団を使って隠蔽を図る。元刑事が拳ひとつで環境犯罪に立ち向かう熱きシリーズ第5弾！

み
状

5696-3

いちばん怖いのは、家族なんです――遺産相続、空き家、8050問題……家族関係はどんでん返しの連続。名手によるホラーミステリ7編収録のオリジナル短編集！

メンター
メンター 死を忘れるなかれ

彼の肩書はメンター。自殺志願少年、足を引っ張りたい女など、客の相談を聞き、解決に乗り出すが……。すべての悩める人に贈る、人生応援ストーリー！

の幻影

24時間耐久マラソンレース。真夜中になるとコースに怪しさが漂いはじめ、そこに現れたのは……。本格ランナーの著者が描く、不思議で切ない感動ストーリー。

ります。

©山下以登

実業之日本社文庫

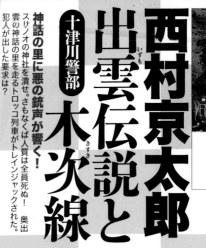

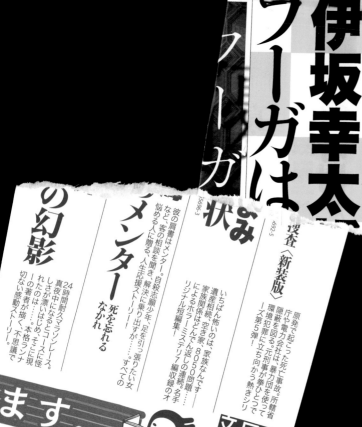

「東京にでも行くのか？」

志望大学を決めていたわけではなかったが、その時の風我に問われて、自分が遠くに行く気がないことに気づいた。「東京は住むのに金がかかりそうだろ。できれば仙台に」

「ふうん」風我は腕を組み、「あの家で勉強できるのかよ」と言った。

「それが意外に」と答えかけてから、強がって嘘をつく必要もないと気づいた。

「できない」

風我が笑った。「意外ではないな」

「あの男は、こっちが勉強してると、女を連れてきて、俺を蹴り飛ばす」そして息子がいるにもかかわらず、畳の上で性交をはじめる。こちらが不快感で家を出ていくのを見越しているのだ。あの狭いアパートで、わいせつ行為の音や声を聞かされるのはたまったものではない。想像以上に神経がやられるため、そのたび僕は外に避難するほかなかった。

ちょっと待ってくれ。高杉がまた口をはさんできた。「あ、ええと常盤君たちのお母さんは」

「そういえば、説明していませんでした」自分ですでに知っていることは、相手も知っていると思いがちだ。

僕の話には、嘘や省略がまざっているのだけれど、これは本当に、ただ忘れていた。

「高二の冬にはいなくなってました」

「いなくなって?」

「ある時、家に帰ってこなくてそれっきりです。男を作って出て行ったらしいですよ」

それを知った時、僕と颪我は驚いた。あの無気力、無抵抗の塊にしか見えなかった母親に、そのような行動力が残っていたことに、だ。身の危険を感じたのか、それとも、最後の力を振り絞ったのか。ただ、無能な選手がどのチームに行っても活躍するわけがない、というような、どうせどこに行っても無駄だよ、と嘲る思いは抱いた。

「母親がいなくなってから寂しさとかは」

「ありましたよ」僕は即答した。

彼女が消えたこと自体は、どうも思っていなかった。僕たちがひどい目に遭っても、見て見ぬふりをし、むしろ保身のためにあの男の側についていたのだから、生んだ上に育ててくれたことに感謝はしつつも、何が母親だ、と呆れ、軽蔑していた部分もあった。ただ僕は、彼女に謝ってほしかったのだと思う。いつか僕たちの育て方について誤りを認め、自分が悪かった、そのせいで申し訳なかった、と謝罪してほしい、とその時を待ち望んでいた。けれど、逃げられてしまえばそれも叶わない。

そのことに僕は、全身の力が抜けるほど、がっかりしていた。

「ええと、それで受験は」

「おかげさまで受かりました」

簡単に言ったものの、もちろん簡単なことではなかった。勉強の難易度がどうこう、勉強時間がどうこう、という以前に、勉強する場所が確保できなかったのだ。あの男が女を連れてきたら外に出なくてはならず、参考書や問題集を抱えていったところで、高校生が夜中にいられる場所など限られており、かといって、風我と小玉のアパートに頼る気にもなれなかった。

「それなら」と提案したのは風我だ。「予備校には自習室ってのがあるんだろ。予備校で授業を受けて、自習室も使えばいい」

僕もそのことを考えたことはあった。「だけど、金がかかる」

「こういう時にこそ使うべきだ」

小玉の叔父の家から奪ってきた金のことだった。岩窟おばさんに借金返済しても、残っていて、「いざという時のために」と保管していたのだ。

いざという時が来るのかどうか、来たとしてもこの金に手をつけるのかどうか、と僕はぼんやり思っていたが、風我は、「ここだ」と言い切った。

「ここ?」

「金の使いどころだ。大事な一丁目」

重要な一里塚、のような意味合いで口にしたのかもしれない。

「優我は頭がいい。大学に行って、ちゃんとした人生を送るんだ。あの金を使えば、予備校に行けるんだろ。大学の授業料も払える」

風我からすれば、予備校は自分の人生とは無縁の、未知なる施設のようなものだからか、胡散臭い地名を口にするような顔になった。

「だけど」僕は気が進まない理由を自分に問い、浮かんだ答えを口にした。「あれは、二人のものだ。俺のためだけに使うものじゃない」

風我が表情を緩めた。「じゃあ、ちょうどいい。優我の人生は、俺のものでもある」

「何だよそれは」

「二人で二つの人生だ。どっちも俺たちのものだ」

そしてどうなったのか。

僕は予備校に入り、できる限り勉強に集中し、家でのあの男の横暴な態度や暴言から逃げ出す際には自習室を使い、市内の大学に合格した。風我と小玉は、合格祝いに焼き肉を奢《おご》ってくれ、あとで聞けばその資金は岩窟おばさんが出してくれたようだが、とにかく僕は、ようやくあの家を出ることができた。

ここまでが僕の高校時代までの話だ。次は？　長々付き合ってもらって申し訳ない。次が最後だ。

大学に入った後の話で、ハルコさんとハルタ君とのこと、さらに言えば、あの男と僕たち兄弟の決着に関する顛末だ。

大学生となった僕は、愛子《あやし》駅近くのアパートに暮らしていた。市街地や繁華街からは少し離れた町ではあったが、大学へは原付バイクで通え、仙台駅には仙山《せんざん》線で三十分もあれば着き、不便はなかった。

四部屋並んだ二階建ての木造アパートは、かなり古かったものの、僕は、緊張感や不快感なしに自宅で過ごせる喜びを覚えた。夢のような、自由と安らぎを得たのだ。眠っているところを蹴られたり、喋ってもいないのに、うるせえ、と罵倒されたりすることがないのだ。普通の人たちは、子供のころからこのような感覚で過ごしていたのかと思うと、羨ましさよりも怒りが湧きそうだった。

県道沿いのコンビニエンスストアでアルバイトもはじめた。あの二人に会ったのもその仕事中、すでに二年生になった後だった。

午前中の講義がなかった日で、僕は昼前にレジに立っていた。若い女性がトレーディングカードの袋をいくつか購入し、脇にいる少年に渡した。

少年は外に出るのも待ちきれないのか、すぐに開封し、「外れ」と嘆くと、ひょいと投げ捨てるかのようにその女性に渡した。

女性はうまくキャッチできず、カードがひらひらと落ちた。

「ちょっとだめでしょ」と女性がたしなめる。

年の離れた姉と弟だと思った。

「いらないよ。雑魚《ざこ》カードだし」

僕はとっさにカウンターから出ており、その落ちたカードを拾った。わざわざそんなことまでする必要はなかったのだけれど、ほかに客はおらず、それくらいのことはしてもいいかと思ったのだ。

ああごめんなさい、と彼女がやってきてカードを受け取ろうとした。僕はカードから手を放さずに、「雑魚なの？」と子供に訊ねていた。

「はい？」彼女はそこで僕を、意地悪なコンビニ店員だと思ったのかもしれない。

「雑魚だよ、そんなカードあっても勝てないから」と少年が言った。

背はさほど高くなく、体は明らかに子供だったが、弁が立ち、頭は良さそうだ。

「じゃあ、もらってもいいかな」もともと捨てるつもりだったのだから問題はないはずで実際、少年は、「いいよ」と言った。

「これ、なんてゲーム？」そう訊ねると、少年が聞き慣れない単語を口にする。ゲーム名らしいがうまく把握できなかった。すると女性のほうが、明瞭な発音で教えてくれた。「二人でやるトランプみたいな、カードゲームで」

「あ、そうですか」僕は自分でも意外なほど、抑揚のない、不愛想な返事をしていた。心の揺れ動きを相手に察せられたくなかったからだろう、とは後《のち》に思ったことだ。

次の日、大学の講義室でいつものように一人で席に腰かけ、手遊び的に、そのカードを触っていたところ、たまたま通りかかった学生が、語学の授業の際に席が隣だったことがある程度の面識で、名前すら憶《おぼ》えていなかったのだけれど、その彼が、「ああ、懐かしい」と言った。

聞けば、そのカードゲームは十年以上前から存在しているらしく、小学生のころによくやったと言う。

「このカード、弱いの?」

「あ、まじか」

「え?」

彼は笑いながら、「自動販売機のジュースで、あたりが出たらもう一本というやつがあるだろ」と言う。「どうせ当たらない、と思ってるから、当たると結構びっくりする」

「それ、俺のこと?」

「話しかけておいてなんだけど、返事してもらえるとは思ってなかった」

確かに僕は、大学でも友人らしい友人はおらず、一人で行動してばかり、誰かと親しく雑談を交わすこともなかった。それで問題も不満もなかった。

「で、なんだっけ。ああ、このカードね。いや、俺が遊んでたのはずいぶん前だからなあ。新しいカードのことはよく分からないよ」

「そうか」

「だけど、これって、いろんなカードを組み合わせて使うから、弱そうに見えても使い方によっては、強くなることがあるんだよな」

「へえ」僕はカードをまた眺める。「どうやったらその使い方分かるんだろ」

「カードショップで訊いてみたら? 俺が子供のころはよくカードショップに行っ

て、ああ、俺は仙台が地元だから駅前の店、そこの店員に教えてもらったよ。このカードを使って、強いデッキを作りたいんだけど、とか」

「デッキ？」

「四十枚一組で対戦するんだけど、その四十枚が一デッキ。というかルールも知らないのか」彼は呆れた言い方はしたものの、教えることが嫌いではないのか、講義後に食堂のテーブルで、そのカードゲームの遊び方を一通り教えてくれた。実際にやってみないことには、ぴんと来ない部分が多く、「カードショップでは体験用のデッキもあるかもしれないから」とアドバイスをしてくれた。

僕は何をしたかったのか。カードゲームに興味はなかった。

たぶん、と推測した。たぶん、開封されたとたんに、「ダメなやつ」「雑魚」と決めつけられたカードに、チャンスを与えたい思いがあったのかもしれない。僕と風我も生まれたとたんに、「外れ」と捨てられたかのような日々を送ってきた。それでも放り投げずに、しがみつくように生きてきた。もしかすると、いずれ、「一等賞」とまではいかないまでも、「入賞」もしくは「敢闘賞」あたりの出来事が待っているのではないか、それくらいはあってもいいだろうに、とは思っていた。同様に、このカードにも活躍の場があってもいいではないか。そんな気持ちだったのかもしれない。

「カードショップの場所、教えてくれないかな」

「いいけど、スマホで調べれば出てくるよ」

「スマホないから」

「珍しいな」彼は驚いた。

「貧しいんだよ」僕は正直に答えたのだが、彼は冗談だと受け止めたようだった。

大学の講義を終えると僕は、仙台駅まで原付バイクで出て、彼に教えてもらったカードショップに行った。

駅前の新しいファッションビルの裏手、小さな建物の奥にカードショップはあった。さまざまなカードがショーケースに飾られており、いったい何をどう眺めれば良いのか分からなかった。子供のころから、ゲームやおもちゃとは無縁だったものだから、新鮮さはあった。

さて、と僕はレジへと向かう。これまでの人生で親からは何一つ教えてもらえなかった僕と風我が、社会から外れないために身に付けた知恵の一つ、それに従うことにしたのだ。

「知らないことは、知っている人に教えを乞え」だ。それが一番手っ取り早い。

小学生の時に通学路が分からず、ランドセルを背負った誰かに訊ねた時から、そうしている。分からないことは他人に質問する。時に、「どうしてそんな基本的なことを知らないのか」と驚かれ、小馬鹿にされることもあったが、それにも慣れている。小馬鹿にされるくらいが何だというのか。

僕たちは、普通の人たちが当然知っていることも知らず、当たり前に持っている物も持たず、生きてきた。そもそも幼稚園児のころまで夕飯は、毎日もらえるものだとも知らなかったくらいなのだ。

「あの、このカードゲームのやり方教えてほしいんですけど」とレジにいる店員に訊ねた。年齢不詳で、僕よりも若く見えたが、高校生ということはないだろう。

眼鏡をかけたひょろっとした彼は、「え?」と当惑していた。

「このカードゲームやってみたいんですけど。ルール分からなくて」

「ああ、はい」眼鏡店員は無表情だったが、壁にかかった時計を一瞥すると、「もう少ししたら休憩なので、待ってもらえますか」と言った。

もちろん僕は待った。ショーケースをぼうっと眺めながら、眺めたところで何が分かるわけでもなかったが、イラストを見たり、そこに書かれている文章を読んだりし、時間をつぶした。

やがて眼鏡店員がやってきて、「そっちのスペースで」とさらに奥を指さす。

長机がいくつも置かれており、中学生らしき数人がカードを並べていた。

眼鏡店員が腰を下ろすので僕は隣に座ったが、すると、「あ、そこからですか」

と真剣な顔で言われる。

「そこから？」

「これ、向かい合ってやるんですよ。横じゃなくて、正面に座ってください」

なるほど、と僕はいそいそと移動し、彼の前に座る。

店員はカードの束を僕に渡す。「これは初心者でも使いやすいデッキなので」と言う。

「ああ、うん」四十枚一組のデッキは、それぞれが自分の戦略に従ってそろえるため、内容はそれぞれ異なる。デッキ内容によって作戦が変わってくるのだ、とは教わっていた。

そこから彼と僕とで対戦を行いながら、とはいえ、本来は隠すはずのお互いの手札を見せながら、一つずつ手順を確認するやり方で、ルールの説明をしてもらう。

彼は丁寧ではなかったけれど、論理的、効率的な話し方をするので、理解しやすかった。不明点を訊ねれば、淡々と答えてくれる。三十分ほど経ったところで、

「そろそろレジ戻るので」と彼が立った。

僕からすればまだ、ゲームの入り口に立ったばかりだったから、もう少しレクチャーを、と望みたいところだったが、彼には彼の仕事があるのも事実だ。

すると店員が僕の思いを察したのか、「あ、そこの君」と横にいる中学生に声を

かけた。制服姿で一人で箱の中のカードを眺めている。

「はい？」

「このお兄さんに、教えてあげてよ」

「あ、はい」

かくして、先生の交代が行われ、僕はカードゲームの初歩講義を継続して受けられることになった。


「それで？　どうなの」十日ほど経った頃、風我にそのカードゲームに関することを話したところ、そう言ってきた。

「だいぶ分かったよ。カードショップに来ている客ともだいぶ対戦してもらったんだ。アドバイスをもらいながらカードを買い足して、自分のデッキもできた」

「デッキがデキタ、なんて駄洒落はどうでもいいんだって」風我が口をとがらせる。

「俺が言いたいのは、その、お姉さんとは再会したのか、ってことで」

「お姉さん」

「とぼけるなって。おまえが、そのカードを買ったお姉さんに惹かれちゃったのは丸分かりだ」

僕は返事に困った。とぼけるつもりもない。惹かれるも何も、「雑魚カード」

云々《うんぬん》の話をした際の、女性の顔もよく覚えていないほどだ。

「優我が喋っているのを聞いていれば分かる。年上のお姉さんに一目惚《ひとめぼ》れだ」

「馬鹿にしてるのか」

「なわけない」風我は笑った。「俺を誰だと思ってるんだよ」

「俺の双子の」

「母親のお腹《なか》の時から隣にいたんだ。考えていることはもちろん、感じていることも分かる」

「どんなストーカーだよ」僕はまじまじと風我を見た。「ただ、本当によく覚えていないんだって。そのお姉さんのことは」

「じゃあ、何でカードゲームなんてやってるんだよ」

「雑魚カードを」非雑魚カードに変身させたかったのだ。

「いや、違うよ、ゲームを通じてその姉弟とお近づきになろうとしたんだ」

僕は噴き出し、困惑交じりに、「さすがにそれはない」と言った。あまりの決めつけに少し怒りすら覚えた。「濡れ衣にもほどがある」

風我は悪びれもしなければ、謝罪もしない。間違いなく彼にも、見当違いに断定した自覚はあったはずだ。にやにやし、「まあ、俺の予感によればチャンスは来る」と言った。

「チャンスって何の」

風我は、隣で無言で微笑んでいるだけの小玉と顔を見合う。彼女が、「そのお姉さんと弟君とまた会って、カードゲームをやるチャンス」と囁《ささや》くような声で言った。風我の思考は先刻承知といった様子だったのが、遺伝子の同じ僕からすれば少し妬《や》けた。

風我と小玉の予言は、一つは当たり、一つは外れた。

コンビニエンスストアで弁当の品出しをしていると、横に彼女たちがいて、何を買っていくか相談をしていた。しゃがんでいた僕は、はっと見上げ、「あ」と言ってしまう。

彼女たちは突然、「あ」呼ばわりされたことに戸惑った。

「ほら、こないだの雑魚カード」この間とはいえ、ずいぶん日が経っていたが少年は、「覚えているよ」と僕を指差した。頬がふっくらとし、あどけなさと生意気さがまざっている。

彼女も警戒心は抱きつつ、表情を緩めた。

「あのカード、結構使えるよ」

「嘘ばっかり」

「ほんとに」「雑魚だよ」「と思うのは早かったんだ」

「何それ」

まさか本当にその機会がやってくるとは。大袈裟かもしれないが胸が高鳴り、声が上ずった。「今度、対戦してみようか」

彼女のほうは、社交辞令的な軽口、冗談だと受け止めたようだったが、僕はむしろ本気だった。少年は、「いいよ」と即答する。カードショップに通い、そこの客たちと対戦し、やり取りをしているうちに分かったことは、彼らはいつだって対戦相手を探している、ということだった。二人いなければ遊べないのだ。

「いいよ、いつ?」

「いつでも」いつだってカードを持ち歩いている、とは言いにくかった。

ほら、いいから、店員さんも困っちゃうんだから、と彼女が会釈しながら弁当を籠に入れる。

僕はそこで改めて、彼女の横顔を見た。ああ、そうだ、こういう人だったな、と思い出し、少しぼうっとした。優我、やっぱりおまえの好みの女性だったんだろ。凧我の勝ち誇ったような声が耳元で響くようで、癪《しゃく》だ。

「店員さん、いつならできるの? 持ってくるよ僕のデッキ」

望むところ、と僕はうなずき、翌日、近くの公園で対戦しようと約束した。木の机があって、ベンチも置かれている。雨天中止、風が強くても無理だが、しばらく天気は崩れない気配だった。

いいんですか？　と彼女が申し訳なさそうな、もしくは僕が不審人物かどうかを見極めるような目を向けてくる。

そして少年が言った。「お母さん、いいよね。明日なら」

風我が間違っていたのは、そこだ。そもそも僕が誤っていたせいなのだけれど、彼女と少年は親子だった。

当日、公園には、少年とその友達が二人、やってきた。彼女は一緒に来たものの、「スーパーで買い物してきてもいいですか」と僕に断り、姿を消した。信用されたように思ったが、「もし、あの店員さんが怖くなったら、ダッシュで逃げるんだよ」と事前に言い含められていたことはのちに少年が教えてくれた。公園の前には交番もあったから、そこに駆け込め、と。

とにもかくにも僕たちはカードゲームで対戦をはじめた。用意した四十枚のデッキは、それなりに練ったものだった。カードショップの眼鏡店員をはじめ、常連客のアドバイスをもらい、そこそこ散財した。たかだか紙一枚がこんなに高いのか、と驚くほどの値段のものもあったが、なるべく安価で済ませることができるように、と相談した。

お互いがどのようなデッキなのかは、知らないままで勝負をはじめる。じゃんけんで先攻後攻を決めたのち、自分の山札からカードを引き、選び、置き、ターンを終える。

始めてから半月ほどだから、初心者以外の何ものでもなかったが、カードショップに連日通ったこともあり、経験は積んでいた。

運も味方してくれた。最初の手札も良く、引いてくるカードも理想的で、さほど時間を待たず、僕は勝利した。

小学生相手にむきになるのも大人げなかったかもしれないが、真剣勝負の思いであったから、うれしかった。

すると別の友達が、「じゃあ、僕とやろうよ」と座り始める。断る理由はなく、僕はカードを切り、また対戦する。

相手のデッキとの相性もあったのか、苦戦したものの、それでも僕は勝利した。相手が勝ちパターンよろしく、強いコンビネーションで攻めてきたのを、たまたまめくれた僕のカードがいい働きをし、一気に形勢を逆転した。そのあとは、勝利へのルートを踏み外さないように、と気を配りながらプレイし、僕が勝った。

それなりに劇的な勝利だったからか、見ていた友達は盛り上がり、結果的に、逆転のきっかけとなったカードを、「これ強《つえ》え」と崇《あが》めるように掲げる。

「でも、ほら、これ」僕は得意げに、少年に言った。「君からもらったやつだよ」

「え」

「雑魚って言って、捨てようとした」

あ、と彼はようやく思い出し、僕の手からそのカードをひったくり、まじまじと眺めた。「ほんとだ」

「安いけどね」カードはそこに書かれた効果や市場に出回っている枚数によって、価格が決まる。強くて貴重なカードは高い。「けれど、使い方によっては」

「そうだね」少年が感心したように言ってくるため、僕はそこで、人生の達成を得たかのような感動を覚え、握り拳を掲げそうになった。

彼女が戻ってきたのはその時だ。背筋が伸び、ゆっくりと歩いてくる姿には清潔感があり、これを言ったら風我には笑われただろうが、その歩いてくる道に沿って日向《ひなた》ができあがっていくかのように思えた。

「あ、お母さん」と少年が言う。

お母さん、なるほど、そうなのね。と改めて思った。

「何で分からなかったんだよ」後日、僕から報告を受けた風我はなぜか、少し怒っていた。

「若く見えたから」実際、二十代後半だったから九歳の子供との年齢差はかなり少ないはずだ。さらには彼女が小柄で、どちらかといえば童顔だったせいもあるだろう。母子だという想像はまったく抱けず、姉と弟としか思えなかった。

「それにしても、気づくだろ、普通」

たぶん、親子でなければいいな、という思いが心のどこかにあったのかもしれない。実際、少年が、「お母さん」と呼んだ時でさえ、親しい姉を「お母さん」と呼ぶ地域もあるのでは？　少年はそこの出身なのでは？　と藁《わら》にも縋る思いで考えてしまったほどだ。ようするに、僕は彼女に惹かれていたのだろう。風我の当てずっぽうも侮りがたし、だ。

ゲームどうなったの？　と訊ねる彼女に、少年とその友達が報告をした。悔しがりつつも楽しんでくれたのが伝わってきたため、僕は、「この前もらったカードで勝ちました」と例の、旧姓雑魚カードを見せた。

お手柄！　と讃《たた》えられることを期待していたから、「すごい」と手を叩かれた時には、自らの人生が最高潮に達したような錯覚を覚えるほどだった。いや、実際に、それほど嬉しかったことは過去にも先にもない。

あのさ優我、女性が男性に、「すごーい」と言う時はたいがい、「どうでもいい」

と思っている時らしいぞ。のちに風我が忠告してくれたが、あの時彼女が、「どうでもいい！」と発声しながら拍手をしてきたとしても、僕は有頂天だった可能性がある。

「お母さんなんですか？　見えないですね」その問いかけをした時には、もう希望を抱いていなかった。少年が向ける彼女への態度は、明らかに母親のものだったからだ。

「若くして生んだからね」彼女が言うのと、「若くして生まれてきたから」と少年が答えるのが同時だった。

その後、公園で一時間近く遊ぶことになったが、終盤は子供たちだけで遊具に行ったため、僕は彼女と立ち話を続けた。

今の僕を写真に収めたら、「人妻とお近づきになろうとしているうぶな大学生」とキャプションがつく自覚はあった。

個人情報をぐいぐいと聞き出す無遠慮さはなく、というよりも、その技術がなかっただけかもしれないけれど、あたりさわりのない会話をしていただけだったが、彼女の名前がハルコで、少年がハルタ、夫の名前がハルオだったことは分かった。

「頭韻を踏んでるんですね」

「どこの党員？」

会話のすれ違いを指摘する勇気も技術もなく僕は、「どこかの」とぼそぼそと答えることしかできない。

「それで？」風我は心底、嬉しそうに言った。すでに小玉という恋人を得ている彼は、そういう話の時だけ、女性のことを知らないおまえと知っている俺、という優越感を滲《にじ》ませてくるのだが、特に不快ではなかった。何から何まで同じように扱われる双子だけに、差異は貴重だったのだ。

「その日は、それでおしまいだった」

「その日は」風我は意味ありげにその部分だけを強く発声する。「何歳なんだっけ」

「九つ上」僕はなるべく無感情に、統計の数字を報告するように言った。「十九で出産したんだってさ」

「九歳差」

「百歳、差があったところで関係がない」別に交際するわけではないのだから、という意味で僕は言ったのだが、風我はわざとなのか誤って受け止め、「愛の力の前では、歳の差なんて」とよく言われる言い回しを、茶化すように使った。

ハルコさんとハルタ君とは以降も会った。僕が働くコンビニエンスストアに客としてやってきたからだが、挨拶程度とはいえ僕は嬉しかったし、レジに立てば、今日は来店しないだろうかと気にした。疚しい気持ちではない。外を見て、よく見かける鳩《はと》が飛んでこないかな、と期待するようなものだ。

「いつ知ったんだよ。旦那さんのこと」

「いつかは忘れたけど」ハルタ君が言ったのだ。うちはお父さんいないから、と。

初めは驚いた。

どういう意味なのか、と思い、最初に頭に浮かぶのは、「離婚」だった。若くして結婚したが、若さゆえに衝突が起き、と考える僕自身が若いのだけれど、とにかく離婚した。ありえる話だろう。

が、すぐにハルタ君が、お父さんは僕が小さいときに死んじゃったから、と続けた。

「だいぶ違うな」風我は少し真面目な顔になった。「離婚と死別では」

「同じだよ」別に、ハルコさんと付き合いたかったわけではないのだ。しつこく繰り返したかった。強調すればするほど無理をしていると思われそうで、やめた。

「ただ」

「ただ？」

「少し前に、ハルコさんと話した時に」

「客と雑談するコンビニ店員はクビだ」

「ハルタ君とカードゲームをしていた時だ」

「やはりコンビニ以外でも会っていたわけだな」

「俺だってせっかくカードのデッキを作ったんだから」

「デッキができた」

「とにかく話の流れで、ハルタ君のお父さんが亡くなっていることに触れる時があったんだけれど」

僕は、「大変だったんですね」と言った。当たり障りのない相槌《あいづち》だったのかもしれないが、本心ではあった。

すると彼女は少し寂しそうな表情をしたものの、「まあ、でも、みんなそうだから」と洩らしたのだった。

みんなそう、とはどういう意味なのか。

風我も、「みんなそうだ、って何がそうなんだ」と言った。

「詳しくは聞いていないけれど、もしかすると、ハルタ君が小さいころだから、あれで」

あれって何だ、と聞き返しかけたところで風我も、「ああ」とうなずいた。大きな自然災害のことだ。

「大勢が大変な目に遭ったとすれば」

「なるほど」風我がぼそっと言う。「だけど、みんな大変だったから、我慢しないといけないってわけでもないだろう」

「そのとおりだ」

けれど、ハルコさんは、「みんなそうだから」と思っているのだろう。そう自らに言い聞かせることで、悲しんでばかりはいられないと前を向く気持ちを維持していたのかもしれないが、そこまで強くなる必要もないのでは、とも感じた。

「それはなかなか重いな」風我が言った。

言わんとすることは分かった。「ただ、もともと俺は、ハルコさんとどうこうなりたいわけじゃなかった。こっちはただの大学生で、向こうはちゃんとした母親なんだ」

それこそ僕は、自分の気持ちを落ち着かせるために、呪文を唱えている様子だったのかもしれない。風我は、強がる子供をあやすような顔で、「まあまあ」と言う。

「ただ、少しすっきりしたよ」

「何が」

「俺は、ハルコさんとハルタ君とただ、楽しく遊びたいだけなんだ。恋愛対象としてどうこうしたい、という考えは持たなくて良くなった」

「それまでは恋愛対象として見てたんだってことだろ？　というか、旦那がいる人妻にそう思ってたんだったら、そっちのほうが問題だった」

「そこまで明確に、恋愛感情があったわけではないけれど」僕も別に、ハルコさんと親密になる具体的なビジョンがあったわけでもない。妄想すらしていなかった。

「これからはどうするんだよ。近所のコンビニ店員として？」

「爽やかで、気前のいいお兄さんとして」

「何がしたいんだ」

「俺だって分からないよ」本心だった。今から冷静に分析すれば、口ではどうこう言ったところで、ハルコさんに憧れにも似た、惹かれる思いは依然として抱いていたのだろう。そうでなければ、その後もわざわざ、動物園や遊園地に行くことを提案したり、バーベキューに誘ったりする必要はなかったはずだ。交際できるはずのないアイドルに思いを馳せるのと似ていた。ハルコさんから、「職場の関係で、安く買えたから」とシルク・ド・ソレイユの公演に誘ってもらった時には、まさに尻《しっ》尾《ぽ》があったらぶんぶん振るような気持ちだった。

大学の講義を受けた後で仙山線に乗り、愛子駅で降りると、見覚えのある女性と遭遇したことがあった。

同じ大学の同じ学部、同じ学年の学生だ、と気づいた時には向こうから、「あ、常盤君」と手を挙げてきた。編んで巻くようにした髪型は新鮮で、似合っている。パーカーにジーンズという軽装だったが、それなりのブランドの服なのかもしれない。

名前は出てこなかった。思い出せないのではなく、はじめから記憶していなかった。

「ええと」とあいまいな返事をする。

「このへんに住んでるの？」

「そうだね。もう少し先のアパート」

「珍しいよね。みんな、もう少しあっち側に住んでるのに」彼女は右手を東側のほうへ押し出すような恰好をした。

「そうなのかな」そのあたりは興味がなかった。

「常盤君、サークル何入ってるんだっけ？」「サークル？　いや別に」「いつも講義、真面目に受けてるよね」「そりゃまあ。そのために入学したから」

親しげに話しかけてくれるため、こちらがどのような態度で返事をすべきか、探るような気持ちで応じた。彼女の目的がはっきりしない。職務質問のようにも思え、こちらから率先して、バッグの中身を見せたくもなった。

「休みの日は何してるの？」

「バイトかな。コンビニのレジか、家庭教師」

「遊びに行ったりはしないんだっけ」

「カードゲームはするよ」僕は言ったが、彼女は関心がないのか、「へえ」と語尾を伸ばすだけだ。

「あ、常盤お兄ちゃん」と声がしたのはその時だ。はっと見ればハルタ君が、ハルコさんと一緒に歩いてくるところだった。

「学校帰りですか」ハルコさんが訊ねてくるので、「ええ、今」と答えた。「電車でどこかに?」

「仙台駅のほうに。車だとこの時間、西道路混んでそうだし。ハルタ、電車好きだしね」

「あ、それなら俺も行こうかな」僕はそう言っていたが、すると先ほどまで喋っていた彼女が驚いたかのように反応し、視線を向けてきた。その、はっとした勢いにただならぬものを感じたのか、ハルコさんが、「あ、ごめんなさい。常盤君にはいつも、息子がお世話になっていて」と頭を下げる。

「さっき言ったけど、カードゲームを一緒にやったり」

彼女は、ハルコさんとハルタ君へ交互に視線をやった。やはり、この年齢の子供がいるようには見えず、少なからず驚いたのかもしれない。

「お兄ちゃんの、彼女？」ハルタ君が言った。

僕はとっさに、ハルコさんを見てしまう。さらに、「今日初めて、彼女と喋った」と語調を強くし、早口で言っている。濡れ衣を晴らすためにも抗弁するかのようだ。不自然に思え、僕は、「そういえば」と別の話題を口にする。「小学校、大丈夫ですか？」

「あ、うん。ただ、まだ戻ってこないみたいだから」

「それ、何の話ですか？」隣の彼女が割り込んできた。

まだいたのか、と思ったのが自分の顔に出たのかどうかは分からない。

「ニュースで観なかったかな。市内で、小学生が行方不明になったんだ」

「ああ、ニュースで」彼女もうなずく。「二週間くらい前だっけ」

学校帰りの男子小学生が姿を消した。車に連れ込まれるのを見た、という目撃者がいたことで、誘拐事件として注目されたが、解決へと進展したという情報はなかった。そればかりか一週間前には別の小学生も行方不明となったことが判明し、それがハルタ君の学校の女子児童だったのだ。学年は違うため、ハルタ君自身は面識はないようだが、子供たちはもちろん、教師も保護者も不安に襲われているのは間違いない。

僕はそこでも、あの小学生のことを思い出していた。記憶の弦に触れられると、その振動が連鎖し、奥に引っかかっている、中学生の時の場面が蘇る。

ぬいぐるみを抱えて車に正面から潰される光景が浮かびかける。胃のあたりがぎゅっと締め付けられる。

「常盤お兄ちゃん、そういえば、あの約束、覚えてる?」ハルタ君が言ってきた。

「何だっけ」

「ボウリング行こうって」

すっかり忘れていた。少し前に、ハルタ君に誘われていたのだ。僕はそれまでの人生で、ボウリングをやったことがなく、それはひとえに金銭的な都合に過ぎなかったのだが、「僕もやったことないから一緒に行こう」とハルタ君が主張した。初心者同士でいったいどのようなことになるのか、と不安半分だったが確かに、「行こう」と答えた記憶はあった。それまでに、インターネットの動画などを観て、ボウリングのコツを覚えておこう、と決意したことも思い出した。

「もう、ちゃんと肝に銘じておいてよ」ハルタ君の言い回しが可笑しくて、僕は笑った。

それじゃあ、とハルコさんたちが駅構内へと歩いていった。

手を振っていると、「常盤君さ」と残った彼女に言われる。先ほどよりもずいぶん温度の低い声に聞こえた。「年上が好みだったんだ?」

「年上？　ハルタ君、小学生だよ」とぼけるつもりではなく言ったところ、彼女は急に白けた表情になった。

「ええと」僕は言わずにはいられなかった。「何の話だっけ」

彼女は大きく溜め息をつき、それは自然と溢れ出たというよりは、大きく吸い込み、意図的に吐き出したようだったが、僕には返事をせず、スマートフォンの操作をはじめる。僕がそこにいないかのように、誰かへとメッセージを打っていた。

気にせず僕はその場から立ち去った。

のちに、常盤優我は子連れの人妻と不倫している、と噂が流れたらしく、大学の講義室で遠くからいくつかの視線を感じるようになったものだが、特に気にはしなかった。僕がこうして喋っている物語の本筋にも、関係がない。

「常盤お兄ちゃん、ほんと怖いんだよね」ハルタ君に言われたのは、例の公園でカードゲームをしている時だった。

確かに僕は少々劣勢だったから、彼の攻撃をどうにかしのぎ、形勢逆転するカードが伏せられていることを祈っており、表情が強張っていたのかもしれない。

「そうじゃなくて、ほら、行方不明の」

言われてようやく気付く。例の、行方不明中の小学生のことだ。目撃情報も少なく、ニュースでもあまり取り上げられなくなってきていた。

「このままずっと帰ってこないなんてことあるのかな」

「無事、帰ってくるよ」僕は即座に言った。もちろん根拠はない。ただ、彼を不安がらせても仕方がないと思ったからだが、まさか五分もしないうちに、その言葉がひっくり返るとは予想していなかった。

夕方になり、ハルコさんが早足でやってきた。仕事を早上がりしてくるにしても、普段はもっと遅いため、何かあったのかと思っていると、「学校から連絡があって」と顔を引き攣らせた。

あからさまに青白い顔で、不安になる。

「どうしたの」とハルタ君も訊ねた。

ええと、と彼女は言葉を探している。言いにくいことなのだろうとは見当がつく。が、その場でこらえ切れないかのようにしゃがみ込み、泣き出したことには当惑した。

「あの」と声をかける。「どうしたんですか」

行方不明の小学生が遺体で発見された。

つかえつかえに、そしてハルタ君にショックを与えぬように言葉を選び、「死んだ」「殺された」「遺体で」といった直接的な言葉を避けた結果、「見つかったんだけど生きていなかったんだって」と話した。

ランドセルを背負い、ぬいぐるみを抱いた少女が、目に浮かびかける。

いつどこで発見されたのか。犯人は捕まったのか、捕まっていないのか。疑問はたくさん浮かんだが、彼女に答えてもらう必要はなかった。ハルタ君を抱くようにし帰る彼女に、「送りましょうか」と言ってみる。「大丈夫です」と細い声で応じられるとそれ以上は、ついていけなかった。

家に帰ると僕は、スマートフォンを使い、情報を収集した。そのころには僕も、ハルコさんと連絡を取るのが主たる目的だったが、スマートフォンを所持しており、とにかく、自分がその死に関わっていないことを、あの時とは違うのだ、あのシロクマのぬいぐるみの時とは違う、と確認したいがために情報検索をした。

小学生は、広瀬川《ひろせがわ》の河川敷の草むらで発見されていた。

僕の通う大学からさほど遠くない場所だ。隠そうとした様子はなかったという。使い物にならなくなった人形を放置するが如く、とネット上で誰かが表現していた。早朝に、トラックを止めたリサイクル業者がたまたま発見したらしい。

広瀬川は、仙台市街地を静かに走る太い血管のようなもので、傲慢さのないシンボルとして親しまれていたから、そこがおぞましい事件に使われたとなると、僕たちの血液が、恐ろしい病で汚染されたような気持ちになった。

犯人は捕まっていない。河川敷には防犯カメラも設置されていなかった。前日に犬の散歩で訪れた近隣住人の証言によれば、その日の晩までは遺体はなかったらしい。午前零時以降、早朝までのあいだに運ばれてきたことになる。


「おしっこしたくなったのが運の尽きだったみたいだよ」岩窟おばさんは言った。久しぶりに訪れたリサイクルショップは以前よりも店舗が大きくなっていた。繁盛しているんだね、と言えば、本当に繁盛している店はこんなに在庫抱えてないよ、と答えてくるが、僕が初めて会った時に比べて肌の色も良く、元気に見えたから、なんだかんだと言って利益が出ているのだろうと想像はできた。「真面目に働く従業員がいるんだ。そりゃ儲《もう》かる」と以前、風我が冗談口調で話したこともあった。

「人はいつだって物を捨てる。物を買って、不用品を出す。断捨離ブームもあるし、物の処分はなくならない」

少女の遺体の第一発見者がリサイクル業者だったため、岩窟おばさんが何か情報を知らないだろうか、と来てみたのだが、期待以上の反応があった。発見者は昔、岩窟おばさんのところで働き、独立した男だと言うのだ。おまけにちょうど電話で話したばかりだという。

「泣き言を聞いてくれる相手がわたしくらいしかいないって言うんだから、どうしようもないね」と岩窟おばさんは苦笑した。

その男は朝早くに、廃品回収のためにトラックで出かけ、広瀬川沿いの道を走っていた。前日の飲酒のせいだろう、尿意を催し、車を停車すると立小便をした。河川敷沿いの道路で、下をぼんやりと眺めたところ、大きな人形みたいなものが見え、それが小学生の遺体だったらしかった。

はじめは、善良なる市民の使命として、発見者として役立とうと、褒められたり表彰されたりすることすら想定しながら喋っていたものの、警察はしつこく話を、同じことを何度も聞いてくる。少ししてから、自分が疑われているのだと気づいた。

第一発見者が犯人である事例がどれほどあるのか分からないが、やはりそれが捜査のセオリーなのだろうか。

「だけどその人はやってないんですよね？」

「立小便だけだね。本人は、こんなに疑われるなら発見しなければ良かったと思ってるらしいよ」

同情するが、警察としても手を抜くわけにはいかないのかもしれない。

「だけど、実際、ひどかったらしいよ」岩窟おばさんは手元の古いスピーカーを布で拭きながら、ぼそっと言った。

「優我、これが想像以上にひどいぞ」奥からちょうど出てきた風我が、抱えていた段ボールを置く。

「ひどい?」小学生が行方不明になり、遺体で発見されたというそのことがすでにひどいのだから、それ以上のことと言われてもぴんと来なかった。「黒色よりもっと黒がある、と言われている気分だ」

「あるんだよ」風我は即答した。

「あるんだ」と岩窟おばさんもほぼ同時に言った。「まだ公表されていないけれど」

おそらくおばさんは、第一発見者からその情報を得たのだろうから、つまりは、「発見した時に見てすぐに分かる」ひどさ、ということになる。

「人間を何だと思ってるんだ、って怒ってたよ」岩窟おばさんが、苦々しい表情で、歯を食いしばるように言った。

乱暴に扱われた形跡があったのだろう、とは想像できる。僕はそれ以上、詳しく訊く気にはなれなかった。

「昔もあったよな」風我が言った。「俺たちが中学生の時だったか。優我、覚えているか」

忘れるわけがない。

覚えているも何も、ずっと頭にある。おまえもそうだろうに。

「あれは高校生が犯人だった」風我が記憶を辿っている。「俺たちより少し上で。轢き逃げ事故の」

「事故じゃないよ、あれは。ひどい犯罪、殺人事件だ」言われてみれば、当時流れた、あの事故に関する噂も、岩窟おばさんから教えてもらったのだ。「あの犯人ももしかするともう、社会復帰しているかもね」

僕は、風我を見る。視線がぶつかった。以前、風我から聞いた弁護士の話を思い出していた。その話が本当ならば、大した罰も受けず、社会に戻っているのは間違いない。ただ、それを認めたくないため、憶測めいた言い方をしてしまう。

風我も同じことを考えていたのだろう、「とっくに普通の生活を送っているかも」と言った。

「子供を殺したのに？　しかも、だいぶむごいやり方でさ。さすがにそれは」

「ありえるよ」風我は即答した。

「やなこと言うねえ」岩窟おばさんが嘆く。風我の、悪い冗談だと思ったのだろう。

「それにしても、これから、どうなるんだろう」僕は言った。

「何がだよ」岩窟おばさんは聞いてきたが、風我は聞いてこなかった。僕の考えていることを、風我はたいがい分かっている。

「どっちかだろ。犯人が捕まるか、そうじゃなければ」

「じゃなければ？」

「また、被害者が出る。こういう事件はたぶん、そうだろうな」

「早朝の立小便には気を付けたほうがいいってわけだね」

岩窟おばさんはむすっと言った。


「面白いものを見せてあげるよ」僕がハルタ君に、柄にもなく楽しませるようなことを言ったのは、怯えている彼の気持ちをどうにか明るくしたかったからだった。

ハルタ君だけではない。悲しい事件、恐ろしくも未解決の事件のせいで、町全体が、仙台市全域が、ぴりぴりと緊張していた。常に黒い雲が空を覆っているかのようで、喪に服しつつ、次の災いに怯え、誰も彼もが身を強張らせている。道ですれ違う他人や身知らぬ近隣住人を見かければ、この人物こそが犯人ではないか、と疑いたくないのに考えてしまう。実際、アパートに住み、暗い顔で大学を行き来している僕は、不規則な生活スタイルな上に、平日の日中に徘徊《はいかい》していることも多く、周辺に住む人たちからすれば、不気味かつ怪しく見えていたに違いない。じろじろ見られたり、避けるように通り過ぎられたりするようになった。

さらにハルタ君の学校は、在校児童が被害者となったのだから、ショックと恐怖の度合いはいっそう深刻だった。

児童の何人かは外出ができなくなり、カウンセリングを受けている、と僕はネット上のニュースで知った。ハルタ君は通学しているものの、それでも友達と外ではしゃぐことが減り、下校時もお母さんが付き添ってくれないかとお願いしてくるのだ、とこれはハルコさんから聞いた。

もちろん仕事があるからハルコさんが始終、下校時間に戻ってくることは難しく、だから、ここぞとばかりに僕は、「自分が迎えに行きますよ」と代役を買って出たのだが、実の母親の代わりは務まらないことを痛感した。

どうもありがとう、とお礼を言いつつもハルタ君は常に不安げだった。これは今になって思うのだけれど、僕が犯人だという可能性も疑っていたのかもしれない。確かにそうだ。カードゲームを一緒に遊んでいたところで、裏では何をしているのかは分からないのが人間だ。無闇に信用しないほうがいい。

「知らない人に声をかけられても、ついて行ったら駄目だ」

「ついていくわけないじゃん」

そのやり取りも何度かした。ハルタ君はしっかりしているから、その点で不安はなかったが、このような小さい子に、しっかりさせなくてはいけないこと自体が、つらかった。そして、知っている人すら警戒しなくてはいけないのが、現実だった。

少しでもハルタ君を気分転換させたかったからだろう。気づけば僕は、「面白いものを見せてあげるよ」と言っていた。

「何、それ」ハルタ君は浮かない顔だった。ハルコさんも、無理しないでいいのに、という表情だった。


「何を見せようって言うんだよ」風我は面倒臭そうに言ってきた。とはいえ、協力してくれるだろうとは分かっていた。

「それを相談したかったんだ」

ドリンクバーのエリアからグラスに注いだウーロン茶を持った小玉が戻ってくる。

「どういう相談？」と屈託なく訊ねてくる。

「誕生日」風我が言う。「優我は、例のハルコさんとデートなんだって」

「デートじゃない。ハルタ君も一緒で、むしろそっちがメインだ」

「はいはい」風我はからかうような言い方をしてきたが、ここで腹を立てるのは得策ではない。むしろ喜ばせることになる。僕が逆の立場なら喜ぶ。

「優我の誕生日、ということは、風我の誕生日だ」小玉が笑う。「今年は一緒にどこか行く？」

風我と目が合う。

僕たちにとって誕生日は、一般の人とは別の理由で、特別な日だ。何しろ二時間に一度の入れ替えが起きるため、自分一人だけの一日ではないのだ。誰かと一緒にいるのはリスクがあり、できる限り、予定を入れないほうが楽だと分かっていた。

だから今年の誕生日は、ハルコさんやハルタ君と一緒にいたい、と早くから相談をした。ハルタ君に、「面白いものを見せる」と伝えたということは、これは自分も巻き込まれる話だと、風我も想像できたはずで、「いやあ、その日は予定が入るかもしれないんだ」と小玉に言ってくれた。「そういうことだろ、優我」

「申し訳ない」と僕は拝むように手を合わせる。

小玉は見るからに寂しそうだったが、悪天候を残念がるのにも似た、つらいが仕方がない、というようなうなずき方をした。

「で、どうするつもりなんだ」風我は目の前の皿、載ったピザをつかんで口に入れる。

「やれることは限られているけど、子供がびっくりしそうなのは」

「やっぱり変身とか？」

「風我もそう思うか」

「変身って何？」小玉が口を挟んでくる。

「優我と俺とで、変身ショーをやってみせようって話。その、ええと」

「ハルタ君」「ハルタ君の前で」

「できるの？」

「まあ」

以前も一度やった趣向だ。あの時は、小玉の家に乗り込む深刻な状況だったが、入れ替わりを利用し、ヒーローの変身場面を再現する仕掛け自体は、愉快なものに違いなかった。

「あ、じゃあ、あれ使えるんじゃないかな」小玉は、もちろん僕と風我が瞬間移動をし、変身に見せかけようとしているとは思ってもいないだろう。会話の断片から閃《ひらめ》くものがあったようだった。「風我、こないだリサイクルで見つけたやつが」

「ああ、あれ！」風我も手を叩くようにした。「優我、ちょうどいいのがあった」

「ちょうどいい？」

「着ぐるみ、というのかな、あったんだよ。全身スーツの、ヒーローの」

廃品回収に行った先に置いてあったのだという。

「何かに使えるかな、と思ってもらっておいたんだけどさ」風我が苦笑する。「まさか本当に使えるとは」

じゃあ決まりだ。

何をやるかは決まった。細かい段取りを整理する必要はあった。時間帯によって、その時、ハルタ君たちと一緒にいるのが僕の場合もあれば、風我の可能性もある。いずれのパターンでも実現できるように、その全身スーツに着替える手順や場所も含め、相談しなくてはいけない。

さすがに具体的な話は、小玉の前ではしにくいと思っていたが、彼女はいつの間にかアルコール飲料を注文し、珍しくぐいぐいと飲んでいると、その場に伏して眠りはじめた。

これ幸いと僕たちは話を進めたが、もしかすると、と途中で気づく。「小玉、気を遣ってくれたのかな」

「何を」

「俺たちが話しやすいように、眠ってくれたんじゃないか」

「わざわざ寝なくても、ここから出ていけばいいじゃないか」

「それはそれで嫌だったんだよ。風我と離れるのは」

どうだろうな、と風我は肩をすくめる。

「今年の誕生日は、俺の都合で申し訳ない。ここは奢るから」テーブルの上のピザを指差した。

「だったらもっと頼めば良かった」彼は言う。「来年は俺の都合に合わせてもらうかもしれないしな。まあ、とにかく、もう一度、段取りを確認させてくれよ」

「もちろんだ」誕生日の段取りについては、どれだけ確認しても、しすぎることはない。過去の経験上、それは確かだ。たいがい予想外のことが起きるのだが、それにしても、様々な可能性を検討しておいたほうが危険は少ない。

一年前には少し厄介なことが起きた。僕と風我が珍しく二人で並んで、アーケード通りを歩いていたところ、通りがかった中年男が、「あ」と指差し、「なるほどなるほど」と近づいてきたのだ。

いったい何事かと思うと、「ちょっといいかな」と一本裏の道へと僕たちを誘った。あからさまに怪しくて僕は立ち去りたかったが、風我が面白がった。

「これ、この間、たまたま撮れた映像なんだけれど」

そう言って見せてきたのは、とある場所で僕と風我が入れ替わる瞬間を捉えた動画だった。同じ位置だが、明らかに一瞬にして体勢が変わる、不自然なものだ。

「これ、どうしてこんなことになってるのか、謎だったんだよ」男は歯を剝《む》き出しにし、唾を飛ばしてきた。「そうしたら、ちょうどお兄ちゃんたちを今、見かけて、ぴんと来た。これ、映っているの、お兄ちゃんたちだろ」

僕と風我は顔を見合うだけだ。

「双子なのか。そっくりだもんな。でも、これどうやったんだ？」

いくら双子だからといっても、この映像の説明にはならない。

「な、これ、手品みたいなやつだろ。だろ？　な」僕たちを街中で発見したことに興奮しているようだった。トリックを教えてくれよ、とつかみかかってくるようだった。僕と風我の顔を交互に見る。だんだん早く首を動かす。高速で、僕たちを一人ずつ見れば、入れ替わるとでも思っているのか。

「結局、それはどうなったんだい」高杉が口を挟んできた。

「風我がほとんど殴るようにして、追い返しましたよ。だって、あれはどこからどう見ても、盗撮映像でしたし」

高杉は自分の持ってきたノートパソコンに一瞥をくれ、「盗撮されるのはこれで二度目だった、というわけか」と首を傾けた。

僕は肩をすくめることで答えると、また話を戻す。「とにかく、その一件があって以来、僕たちはいっそう、誕生日の過ごし方については神経質になったんです」

無人のトイレのような場所にもカメラが仕込まれている可能性があると知った。

「あ、そういえば、新幹線は動いた？」

高杉が言ってくるので、何のことか、と思えば僕はまたしても、意識するでもなくスマートフォンのニュースサイトをチェックしていた。東北新幹線の復旧見通しは立っていないようで、「まだ、動かないみたいですね」と答えた。

「明日、帰りたいんだけどな。それまでには復旧してくれないと」とぶつぶつ言っている。

僕がハルタ君と過ごそうと考えるその年の誕生日は、日曜日だった。二時間ごとの移動は朝の十時十分ころからはじまる。おそらく、僕たちどちらかが産まれ出た時間がそのあたりなのだろう。その二時間後に、もう一方が産まれた。十時十分から二時間ごとに、帳尻合わせの入れ替えが起きる。となれば、十四時の部は、風我が僕になるタイミングだから、変身してみせるとなれば、そこだ、と決まった。

「俺は全身スーツを着て、スタンバイしていればいいんだろ」

「ああ。こっちは変身の口上を述べて、時間を待つよ」

「そんなことで喜ぶのか?」

「どうだろう。ただまあ、ちょっとした驚きはあるだろうし」誘拐殺人犯に対する恐怖を忘れて、少しは愉快な気持ちになれるのではないか、と僕はつづけた。

「優我と俺とで変身ショーをやったところで、不安は消えないんじゃないか」

「変身ヒーローが、あの事件の犯人を捕まえてくれる、と思うかもしれない」

「何年生?」「三年」「小三が、変身ヒーローを信じるか? 俺たちが小三の時はとっくに諦めてただろ」

あの家にいる僕たちを助けてくれる存在などいない。変身ヒーローどころか、近所の人たちや役所の人間すら頼れなかった。「だからこそだよ」

「だからこそ?」

「少しくらい信じさせたいだろ」

風我はファミリーレストランを出る際に、「いいのか?」と僕に訊ねた。

「もちろん。ここを奢るくらいは訳ない」

「そうじゃなくて。その変身のサプライズの時だよ。今の予定からすれば、変身後の恰好を担当するのは俺だろ」

「俺と入れ替わりで」

「だとすると、その後の、ハルタ君が驚いて興奮している様子を、優我は見られないぞ」

そのタイミングで僕はすでに移動し、つまり風我のポジションを担っているはずだ。「そうなるだろうね」

「いいのかよ」

「別に構わない」別段、強がったわけではなかった。「風我が見て、後で教えてくれればそれでいいよ」

風我は、了解、とだけ答えた。

僕たちどちらかが経験すれば、それは二人で体験したのも同然だった。


大学の講義が終わった後、例の、最初にカードゲームを教えてくれた学生が声をかけてくれ、「なんだか最近、表情が明るい」と言うものだから思わず、「誕生日が近くて」と答えていた。

そんなに誕生日を楽しみにする大学生がいるのか、子供じゃあるまいし、と彼は笑ったがすぐに、「ああ、そういえば、常盤は人妻と付き合ってるのか？」と訊ねてきた。

反射的に、講義室に目を走らせ、あの女子学生がいないかを探してしまう。

「人妻と付き合ってはいないけど」

「だよな」

だよな、に含まれる思いが僕には想像ができなかった。

「表情が明るいなんて初めて言われた」

彼は顔を引き攣らせながらも微笑んで、「どういう人生を歩いてきたんだ」とからかってきた。

またカードゲームをやろう、と約束し、別れた。トイレに行き、自分の顔を鏡でまじまじと眺める。明るくなったのだろうか。どのあたりが？　自分では判断できない。

誕生日が楽しみなのは間違いなかった。それまでの人生で、誰かを楽しませたり、ポジティブな方向で人をはっとさせたりすることはなかったのだ。

「分かる」風我が言ったのは、誕生日の数日前だ。

入れ替わった後の対応はぶっつけ本番、ということは昔から慣れていたものの、ハルコさんとハルタ君の外見を知らないと不自然な態度になってしまうから、と風我は写真か何かで親子の姿を見せてくれと言ってきた。僕はスマートフォンに入っている画像をいくつか見せた。

「分かる、って何が」

「優我が惹かれるのが」

「どういう意味だよ」

「いや、優我がどういうタイプの女が好きなのか、今まで聞いたこともなかったけれど」

「俺自身、考えたこともなかった」

「写真見たら、なるほどな、と分かった。なるほど、優我が好きそうだ、って」

「何だよそれは」むっとしながら答えた僕も照れていた。

誕生日の話に入る前に、その前々日の夜のことも話さなくてはいけなかった。その後に起きたことを伝えるためには、必要不可欠だ。

あの時ああしていれば、ああしなければ、と後悔することは誰にでもあるだろうが、僕からすれば、あの日はまさに、それだ。

もったいつけるのもなんだから、先に要点を言おう。

僕の働いているコンビニエンスストアにたまたまあの男が、客としてやってきたのだ。

あの男とは誰か。

僕と風我の人生の道をスタート直後から、ぼろぼろにしてくれた張本人、遺伝子的なつながりを持つとは認めたくない、あの男、父親だ。

「おまえ、ここで働いているのかよ」

家を出て以来、僕はあの男のいるアパートには帰っていなかった。一度、大学から家に送付された書類が必要で、あの男がいない時間帯を狙い、忍び込むように入ったことはあったが、それ以外は、その街区に近づくのすら避けた。

店に入ってきた時は見ていなかった。僕は弁当の棚の整理をしており、その時、横に来た男女がいて、男のほうが、「おい、そこにいたら邪魔だろ」と僕をほとんど蹴るように押してきたため、「申し訳ありません」と顔を上げたところ、体が硬直した。

小学生の時とは違い、僕の体は大きくなっていた。背丈も肩幅も男とほぼ同じくらいと言っても良かった。

にもかかわらず同じ場にいるだけで、体が、心が、それとも脳と言うべきなのだろうか、すべてが畏縮してしまう。

忘れたつもり、克服したつもりでいても、向き合ったとたんに身がすくむ。

以前、映画を観ている最中に、腸《はらわた》が煮えくり返る、という表現がぴったりの、画面に向かって殴りかかりたくなる場面があった。特に珍しい台詞ではなかったが、女性に暴力を振るう男が言うのだ。「体に覚えさせてやる」

鳥肌が立った。全身の毛が逆立ったに違いない。

怒りと恐れのためだ。

痛みや恐怖を相手に叩き込み、刷り込み、理性や思考など関係なく、とにかく抵抗できないようにする、という宣言が、許しがたかった。

そして僕たちは、少なくとも僕は、あの男により実際、「体に覚え」させられていた。

「ここで働いているのかよ」

そう言われた時、僕は口が開けなかった。しゃがんで籠の中の弁当を持ったまま動けない。

「立てよ」と言われると、立ち上がっていた。

支配されている。地球の自転を止めることができないように、逆らえなかった。

「誰これ」隣に立つ女は、年齢不詳で、若いのかもしれないが化粧の濃さのせいで老けて見えた。

「俺の息子だよ。似てるだろ」

どこが似ているのか、と言い返したかったが喉すら動かない。

女のほうはなぜかはしゃぎ、甲高い声を出した。

「感動の親子の再会だってのに、だんまりかよ」

あの男はそう言うと心底つまらなさそうに、レジへと向かった。幸いなことに、レジには別のバイト店員がいた。ここであの男に、丁寧に接客をするのは屈辱的に思えた。ありがとうございました、などと言ったら、自分の心が砕けるのは想像できた。

「また来てやるよ」あの男が言うのが聞こえる。耳を塞ぎたいのに、それができない。レジの店員が、「よろしくお願いします」と笑っており、僕はそのバイト仲間に裏切られたように感じた。

自動ドアの開閉する気配と、客の通過する音が聞こえた後もしばらくは弁当を並べ、気持ちが落ち着いたのを確認してから、外に視線を向ける。

「常盤お兄ちゃん」声がし、慌てた。振り返れば、ハルタ君がいる。後ろからハルコさんがやってきて、「急にアイス食べたいって言うから」と笑った。

ああ、と僕は言い、体から力を抜いた。

先ほどあの男が現れたのは、幻覚だったのではないか。現実のものとは感じられなかった。

「どうかしたの？」

「え」

「何か怖い顔しているから」

「あ、別に」僕は取り繕い、「弁当の数が変だったから」と理由をとってつける。

「明後日、面白いものを見せてくれるんだよね？」ハルタ君が言ってくる。「友達も誘ったよ」

「一回きりしかできないかもだけど」僕は言う。お昼過ぎから、いつもカードゲームをやる公園に、ハルタ君とハルコさんに来てもらうことになっていた。

「お休みの日にすみません」ハルコさんが頭を下げてくれる。

レジで会計を済ませ、店を出ていく二人を追いかけたのは、翌々日のイベントをより楽しんでもらうための下ごしらえを思いついたからだった。

それが余計だった。今となっては、悔やんでも悔やみきれないが、僕は自動ドアを出て、「ハルタ君」と駆け寄った。

いったいどうしたのかと立ち止まる二人に近づくと、「ハルタ君はさ、変身ヒーローとか信じる?」と訊ねた。

「テレビの? 最近はもう観ないけど」

「昔は好きだったよね」ハルコさんが言う。

「テレビじゃなくて、本当にいると思う?」

「常盤お兄ちゃん、何言ってるの。馬鹿にしてる?」

ハルタ君のその反応は想像通り、むしろ好都合なものだった。

「馬鹿にしてないよ。だけど、現実にいてもいいとは思うんだよね」

僕の発言の意味が分からないからか、愛想笑いをするハルコさんに、「じゃあ」と手を挙げる。

「おい、優我、知り合いか?」

その時、後ろから声が聞こえ、僕は耳を疑った。いなくなったのではなかったか?

あの男が唇を広げ、笑っていた。

また身動きが取れなくなった。自分の顔が凍るように強張るのが把握できた。

ハルコさんは当惑していたのかもしれないが、「こんばんは」と挨拶をした。

「ああ、俺、こいつの父親で」

全身の毛が逆立ち、皮膚という皮膚が粟立《あわだ》つのを感じた。ふざけるな、おまえが親のわけがない、と叫びたいがその声も出ない。

「あ、そうだったんですか。いつも、お世話になっています」ハルコさんが頭を下げた。

そんなことしなくてもいい、と会話を遮断したくて仕方がなかった。

ろくに反応できない僕を、ハルコさんは、突然親が現れて恥ずかしがっているだけ、とでも受け止めたのかもしれない。特に訝るでもなく、「それじゃあ」とその場から去った。ハルタ君が振り返り、「明後日ね！」と手を振ってくれた。

あの男はにやにやし、「一回、帰ったんだけどな、息子の働く姿を見たくて戻って来たんだよ」と言う。

ふざけるな、と唾を吐きかけたかったが、口の中はからからだ。

「戻ってきて良かった。おまえ、さすが俺の息子だけあって、女を見る目があるよな」

無視して店に戻れ。

僕の中で指示が出ているにもかかわらず、足を動かせなかった。

「あれくらいの女が一番いいぞ。旦那との関係も飽きちゃってるだろうし」

ハルコさんはもちろん、ハルタ君のお父さんまでが侮辱されたように感じ、僕の頭はようやく発火した。両手で、あの男を突き飛ばしている。

それが次の失敗だったが、その時は気づかなかった。

怒りと嫌悪で煮えたぎる頭を必死に鎮めながら、僕はコンビニエンスストアに向かった。かっとした相手が僕の肩をつかみ、殴ってくるのは想像できた。それならそれで構わない、いくらでも相手になってやる。かっかしていたものだから、それくらいの気持ちではいたが、予想に反し、男には余裕があった。

嫌な笑い声を、鼻息まじりに発してくるため、思わず振り返ってしまう。

あの男の目が強張っている。

それこそ子供のころから、体に沁《し》み込まされていた恐怖で、僕は身が竦《すく》む。

男はそこで鼻の穴を膨らませ、「おまえも大人になってきたってことだな」と言うと僕の肩をぽんぽんと叩き、自分の車へと戻っていく。

触られた肩が、黒く、重くなるように感じた。

「常盤さん、何やってるんですか。レジ、頼みます」

店の中からバイト店員が大声で呼ぶまで、その場に立っていた。

そして、誕生日が来た。

十時十分の入れ替わりの時、僕が跳んだ先は榴岡公園だった。仙台駅からまっすぐ東へ向かったあたり、徒歩で十五分ほどの場所にある、僕と風我が子供のころからたびたび訪れている公園だ。芝生エリアもあればバスケットゴールや遊具のあるエリアもある。春は花見で賑わう。歴史民俗資料館なる建物もあり、そこに僕はいた。

風我なりに考えた末に、この公園にいたのだろう。

なるべくほかの人に会わず、かつ臨機応変に動けるところ、となると広い場所のほうがいい。それは僕たちが十数回、経験した誕生日の移動で分かったことだった。

ちょっとした手違いや、段取りのミスなどを考えれば、お互いが近い場所にいたほうが修正が利くかもしれないが、そうすると今度は、ばったりとニアミスする恐れもある。今回は特に、双子の兄弟、風我の存在がハルタ君にばれたら元も子もないのだ。だから、かなり離れた、そして広い場所にいたのだろう。

「お互いの位置が分かるようなグッズを持っていたほうがいいんじゃないか」風我が以前言った。位置情報を確認する機器はさまざま、ある。岩窟おばさんの店にはいくつもあるし、最近は小型で、偽装されたものも多いのだ、と説明した。

「偽装？」

「カードとか、時計とか、バッヂとかに見えて、実は位置情報を発信しているというタイプだ。そういうのを持っていたほうが、俺たちも便利じゃないか」

興味はあったが、やめた。自分の居場所を逐一、発信することには抵抗があったし、それ以上に、風我のプライベートを覗きたくない気持ちが強かった。「今まで言わなかったけれど」

「何だよ」

「アレが起きた時、どこに移動するのか分からないのが、意外に楽しい」

風我は目を細めて、「分かる」とうなずいた。

この世の中で、僕と風我だけが味わえる楽しみかもしれない。

腕時計を確認した。

ハルタ君たちと会うのは、十四時だ。本当はもう少し前に合流したかったのだが、何しろ十四時十分には入れ替わってしまうからだが、ハルタ君がその日、サッカークラブの練習に行かねばならず、そこから帰ってきてからとなると、どう頑張っても十三時半は過ぎるらしかった。

次の移動は十二時十分だ。風我はどこかで時間を潰してくれるだろう。僕のアパートの鍵を渡し、部屋で休んでくれていてもいい、とは言った。

「優我の部屋、何か楽しいものがあるか？」

「大学のテキストならある」

「勘弁してくれよ。そんなの読んで何が楽しい」

芝生のところでは、子供たちがフリスビーのようなものを投げ合っている。はじめは闇雲に飛ばしているだけかと思っていたが、どうやらチーム戦で、フリスビーをパスで回すようにしているのだと分かる。

ベンチに座り、しばらく眺めていると、犬を連れた高齢の夫婦が通りかかった。やけに大きな、雑種と思しき茶色の犬は、彼らが二人がかりで綱を持たなくては引っ張れないほど力強く、ほとんど、夫婦を犬が引き摺っているかのようだ。

雲はなく空は明るく、気分は良かった。もしかすると僕の人生において、晴れやかな気持ちでいられたのはその時が最後だったのかもしれない。

足元にサッカーボールが転がってきて、顔を上げると子供たちが駆けてくる。張り切ったわけではなかったが、立って、蹴り返す。サッカー部を辞めてずいぶん経つから、見当違いの方向に飛ばず、まっすぐにボールが転がり、ほっとした。

気づくと、「俺もまぜてよ」と言っていた。小学生五人組はちょうど奇数だったからか、いいよ、と受け入れてくれる。

子供相手と甘く見ていたが、痛い目にあった。ついていくのがやっと、ほとんどついていけない。戦力的には足手まといだっただろうが、彼らは優しくて、ミスに怒ることも馬鹿にすることもなかった。

彼らの中に、似た顔が一組あることに気づいたのは、ぜえぜえと息を切らした僕が休憩を主張した時だった。

「休憩賛成」と答えた少年と、「飲み物買ってくる」と言った少年の顔がそっくりだったのだ。

「双子?」

「そうだよ」と片方が言い、もう一人もうなずく。それからお互いの名前を、韻を踏む言葉を口にした。

「俺もそうなんだよ」

「へえ、双子なの?」

「そうそう。俺が優我で、向こうが風我。ユーガとフーガ」

ふうん、と彼らは大して面白くもなさそうに応え、それから、「ユーガって伊藤さんが話してた案山子《かかし》の名前と似ている」だとか二人でぼそぼそ喋っていたが、もちろん僕には何の話か見当もつかない。

「二人は仲いい？」

「喧嘩ばっかりだよ」

僕は笑う。僕と風我は大きな喧嘩をした記憶はない。お互いを尊重しているからではない。二人で力を合わせなければ生きてこられなかったからだ。

「じゃあ、お兄ちゃんたちも誕生日、大変？」

右に立つ少年が言い、僕ははっとする。「誕生日？　君たちも？」

誕生日に双子同士で入れ替わりの瞬間移動が起きる、という事象は、自分たちだけのものだと思っていた。もちろん小学生の頃は、「これはどの双子も経験することかもしれない」と考えていた。けれど、そのうち、どうやらこれは僕たちだけらしい、と察し始めた。何組かと話をしたこともあったのだが、誕生日の瞬間移動については誰も口にしなかった。インターネットで検索をするようになった際も、僕が真っ先に調べたのは、「双子　誕生日　入れ替わり」といった内容だったが、何一つ情報は出てこない。宇宙人に攫われて手術をされた人の話はいくつも見つかったというのに。世に双子は多く存在するのだから、もし、どの双子もその秘密を抱えているとするなら、確実にどこかで漏れるはずだ。

だから目の前の小学生の発言には驚き、前のめりになった。「大変って、移動の

「移動？　何それ」

きょとんとした顔つきを見て、違う話だったか、と理解した。

「それなら、誕生日のことっていったい」

「プレゼントだよ。同じ日だから、親がケチっちゃってさ。そういうことない？」

「なるほど」と僕は言っている。「誕生日に、双子同士で入れ替わったりすること」

はない？」と訊ねたが、予想通り、「お互いのふりをして、驚かすこと？　そんな

ことやらないよ」といった返事があるだけだった。

やはりこれは僕たちだけのものなのか、と改めて思う。優越感よりも、得体の知れない生き物を飼うような、不安のほうが大きい。いつまでこれが続くのか。老いた僕と風我が誕生日を迎え、寝たきりのままにもかかわらず、お互いのベッドを行ったり来たりする光景を思い浮かべた。コントのようだが、その年になっても、これから逃れられないのだろうか。

サッカーを再開したところ、ポケットに入れていたスマートフォンが落ちた。拾おうとしたタイミングで、着信記録が目に入る。ハルコさんからだった。慌てて電話をかけると、「あ、常盤君」と彼女の声がする。

「何かありましたか」

「ハルタと早めに会っていたりしないですよね」

「え」

「サッカーの練習に行ってないみたいで」

胸の奥で、嫌な弾みを覚える。「どういうことですか」

「朝、わたし少し仕事が重なっちゃって。そうしたらハルタ、一人で行けるって言うから」

「だけど、行ってないんですか？」

「そうみたいなの。友達と遊びに行っちゃったのかも。常盤君と合流しているのかと思ったから電話したんだけれど」ハルコさんが平静を必死に装っているのが分かった。

不安で鼓動が速くなっている。

行方不明の末、命を奪われて発見された小学生のことを思い出すな、というほうが無理があるだろう。

「そういうことよくあるんですか？」サッカーの練習に行かずに遊びに行くとは思いにくかった。

「はじめて。でも、同じ方向に帰る友達もいるから連絡取ってみる。大丈夫、大丈夫。それじゃあ、十四時には公園に行きますので」

ない。

平気ですか？　心配ですね？　と言いそうになるのをこらえた。余計に彼女を心配にさせる。通話が終わると僕は公園から出て、すぐに風我への電話を発信した。

背中から、お兄ちゃんどうしたの？　と少年たちが呼んでくるが、答える余裕はない。

「どうかしたか」電話に出た風我の声は引き締まっていた。僕の焦燥感をすでに察知しているかのようだ。「もう少しで、アレの時間だろ」

時計を見る。十二時を過ぎたところだから、入れ替わりまでさほど時間はない。

「ちょっと俺もそっちに向かうよ」

風我とニアミスとなるのをためらっている場合ではなかった。人手は多いほうがいい。そろそろ入れ替わるため、なるべく、愛子《あやし》地域に近づいておくべきだ。

「何かあったのか」

「ハルタ君が見当たらないらしい」行方不明と口にするのが怖かった。その事実を認めたくなかった。

「見当たらない？」

「サッカーの練習に行く予定が」僕は、ハルタ君のサッカーの練習先である、小学校名を口にした。

「家の場所は」

おおよその住所を話す。「今から俺もそっちに行くから。もし見かけたら教えてくれ。ハルタ君の顔は分かるか？」

「この間、写真で見たけれど。何となくしか覚えていない」

「写真を今から送る」

「頼む」言いながら風我はすでに外を動き回っているのだろう。

「跳んでこっちに来たら、タクシーで愛子に戻ってくれないか。金は後で払うから」

「了解」そのあとすぐに、「そろそろだ」と彼は言った。

移動のタイミングだ。できるだけ人目につかない場所に、とあたりを探る。ビルの一階に飛び込む。幸いにもトイレがあり、個室に入った。

スマートフォンに表示された時刻を確認する。ちょうどだ、と思った時には全身がぴりぴりと震えはじめる。


移動した先が暗いことは多い。人のいない場所、目立たない環境を選ぶからだろう。その時も、木の陰、奥まった場所だった。

いつもハルタ君とカードゲームをする公園の端だ。今日の待ち合わせ場所でもある。風我はここまで来てくれたわけだ。

スマートフォンをポケットから取ると、ちょうど着信があった。

「今、タクシーに乗る」

「こっちにまた来たら、町を探し回ってほしい」

「やってみる」

電話を切ると僕はまず、少し離れた場所にある駄菓子屋を目指した。何度かハルタ君と行ったことがあった。

気が急《せ》いて、全力疾走した。頭に浮かびそうになる、恐ろしい光景を必死に振り払う。

あまりにも勢いよく駄菓子屋のドアを開けたものだから、狭い店舗であったし、中の人たちがみな、ぎょっとして、こちらを見た。ハルタ君がいないのは一目瞭然で、僕はすぐに店を出る。

スマートフォンで、ハルコさんに電話をかけた。呼び出し音を聞きながら、落ち着け、と自分に言い聞かせる。僕が動揺した声を出したら、彼女の心配を増幅させてしまうだろう。

ハルコさんは電話に出なかった。今頃、あちこちを走り回っているはずだ。

道を歩きながら呼吸を整える。警察に通報すべきではないか。何と言う？　知り合いの子供がどこかに行ってしまいました。例の殺人犯に連れ去られた可能性があります。

まともに受け止めてくれるのだろうか。実際に、小学生が死亡する事件が起きているのだから、さすがに話を聞いてくれるように思えたが、逆に、悪戯《いたずら》の通報も多いのかもしれない。

闇雲に走り回るのにも限界がある。とにかく思いつく場所を次々と巡った。自分の焦燥と不安に足がついていかない。もどかしくて、余計に息が苦しくなるようだった。

原付バイクを取りに行ったほうが早い。ようやくそう気づき、自分のアパートを目指した時にはすでに十三時過ぎだ。もはや、ハルタ君を驚かせる、変身ヒーローごっこなどはどうでも良い。それどころではないのだ。

何事もないに決まっている。自分に言い聞かせる。すぐに笑い話になるはずだ。

アパートの駐輪場の原付バイクのロックを外し、ヘルメットを取り出したところで着信がある。

ハルコさんからの電話で、「ごめんなさい、ハルタ、遊んでいたみたいで」と言ってくれることを期待した。それ以外は望んでいなかった。

けれど相手は風我だった。「優我、どう？」

「まだ見つからない。今、原付バイクを取りにアパートに戻ってきたところだ」

「俺のほうは、小学校の近くをうろついているんだけど」

「特に何も？」

「ただ、気になる話を聞いた。子供が言ってたからどこまで信用できるか分からないけれど」

いい知らせ、とは思えない。スマートフォンを耳に強く押し付ける。

「歩道で遊んでる子がいたから、ちょっと訊ねた。そうしたら、ハルタ君らしき子供が車に乗っていくのを見たって」

最悪の話だ。頭が真っ暗になる。黒く重い液体で、体の中が満たされそうになるのを、こらえた。犯人か？　どうしてハルタ君が狙われなければいけないのか。ハルタ君でなければいいのか？

さまざまな思いが一気に、頭の中を駆け巡る。

「優我、大丈夫か。落ち着け」風我の声が聞こえてはいるものの、うまく理解できない。「警察に通報したほうがいいかもしれない」

「ああ、そうする」そう答えたところで僕に疑問が浮かぶ。

同じ小学校の児童が恐ろしい目に遭ったのだ。大人だけではなく子供も警戒心を強めているのは間違いない。「知らない人に声をかけられても、ついて行ったら駄目だ」「ついていくわけないじゃん」そのやり取りも思い出す。

「ハルタ君が、ついていくとは思えない」

「無理やり連れていかれた可能性もある」風我は冷静だった。「そうじゃなかったら」

「なかったら？」

「知ってる人ってこともある」

「知ってる人？」

「たとえば、の話だ。とにかく」

あ、と僕の口から声が漏れた。恐ろしい考えが、僕を貫いた。

「どうした」

「最悪だ」

「何が」

「あの男かもしれない」

誰だよそれは。眉をひそめる風我の顔が目に浮かぶ。不吉な呪文のように、言葉にするのも遠慮したい。その思いが伝わったのだろう、風我も察したらしく、「嘘だろ。何でだよ」と小さな声で言った。

「あいつ、一昨日の夜、うちのコンビニに来たんだよ。たまたま。客で」

「何だよそれ」風我は、忘れ去っていた伝染病がまだ撲滅されていなかったと知ったかのようだった。苛立ちとともに、不安を覗かせている。

「そこに、ハルコさんとハルタ君がいたんだ。あの男は、俺の父親だと自己紹介した。だから」

「そこの電柱がそう自己紹介するほうが、まだ納得できるっての」風我も吐き捨てるような言い方をした。冷静さを装ってはいるが、不愉快がぴりぴりと電波を伝い、こちらにも届く。

その通りだ。あの男が父親と言えるわけがない。

けれど今はその話ではなかった。

「だから、ハルタ君は、あの男のことを知っている」常盤お兄ちゃんのお父さん、と認識しているはずだ。

罵る声がした。僕が発していた。原付バイクのエンジンをかけると、アクセルをひねる。前輪が持ち上がり、発進する。

いつ風我との通話を切ったのかも分からない。

あの男が何かした。

煮えたぎるとはこのことだろう。ガソリンが燃焼するかの如く、頭の中は、怒りと焦りが燃えている。

コンビニエンスストアの駐車場で、最後に僕があの男を突き飛ばした後の、笑いながら睨んできた顔が思い出された。まさか僕に抵抗されるとは想像していなかったに違いない。屈辱だったはずだ。脅威も少し感じたのかもしれない。

俺に歯向かったらどうなるのか分からせてやる。

あの男はそう考えたのではないか。

そして、ハルコさんとハルタ君を巻き込もうとした？

どうするつもりなのか。

怒りのせいで手に力が入っていたのだろう、原付バイクがひっくり返るような勢いで、速度を上げた。慌てて、レバーを戻す。バイクが蛇行して、体が冷えた。ここで事故を起こしたら絶対に間に合わない。

間に合わない？　何にだ。何が起きる。

どういう事態を想像している？

県道をずっと走る。片側一車線の追い越し禁止、細道が続くため、前に車がいるとどうにもならない。苛立ちから、車間距離を詰めた。

前の車両のバックミラーに、こちらを睨む目が見えた。睨みたいのはこちらのほうだ、という思いはあったが、揉《も》めたらさらに遅れる。

車線が増えるタイミングで、一気に加速し、追い越し車線を走った。警察がいたら、即座にサイレンを鳴らされ、捕まるだろう。

そうならないことを祈るしかない。

あの男の住むアパート、僕と風我が子供の頃から生きてきた、まさにただ生きてきたとしか言いようのないあの場所へ、向かった。

不安は不安を増幅させる。

どうもうるさい。ヘルメット内の自分の呼吸が、小さな嵐を起こしていた。

アパート周辺に来ると、いつだって暗い気持ちになり、足は重くなるが今はそれどころではない。

人がいたら、バイクで撥《は》ね飛ばしていただろう。細い道を減速せずに抜ける。奥まった場所のアパートに到着する。ブレーキをかけ、つんのめるように停車させると即座に降りて、エンジンを切ると同時にスタンドを立てた。キーを抜くことすらしなかった。

視界の隅にあの男の車が見えた。ここにいる。自分の嫌な想像が外れていてくれ、と願いながら階段を昇った。靴が鳴らす甲高い音が警報じみて聞こえる。

部屋の玄関ドアには鍵がかかっていたが、僕は渾身《こんしん》の力で思い切り引っ張った。もともと古い建物、華奢《きゃしゃ》なドアだったから、壊すつもりで力を込めれば、簡単に開いた。

激しい音がする。半壊もやむなしの気持ちだったが、ドアノブの錠の部分が破損した程度だった。

靴も脱がずに僕は中に入った。

背中を向けていたあの男が、こちらを振り返る。僕が爆発にも似た興奮状態で突入してきたからさすがに驚いたのだろう、目を見開いていた。その向こうに、ハルコさんがいる。やはり目を丸くしている。彼女を、あの男が押さえつけているのだ。

動揺するな。

僕は唱える。想像の範囲内だ。慌てるべきことはない。ただ、そう唱えた言葉が頭の中の恐るべき熱で、じゅっと焼かれてすぐに蒸発していく。

あの男は何か口を開こうとした。

喋らせてたまるか。

僕は急いで、手に持っていたフライパンを、玄関から入ってすぐのキッチン、そこに置かれていたフライパンをいつの間にか手にしていたらしく、頭めがけて思い切り振った。

ためらいはなかった。

頭を吹き飛ばすつもりだった。実際、首の関節が外れるほどの勢いで、あの男の頭が角度を変えた。

すぐに馬乗りになる。フライパンは手放していた。拳でひたすら男を殴りつける。殴るたびに視界が狭くなる。

背後で、ハルコさんが体を動かしているのが分かった。

何か言おうとしているようだが、聞こえてはこない。

「ハルタ君はどこだよ」僕は言いながら、男を殴りつける。口から血を流し始めているが、構わない。「どこにいるんだよ」

「どこなんですか」横からハルコさんが突然、割って入ってきた。男のシャツをつかんで、揺さぶっている。

ハルタ君はうちにいる、だとかそういった嘘で、ハルコさんを部屋に連れてきて、それから、言うことを聞かないとハルタ君は無事に返さない、だとかそういった脅し文句で、ハルコさんを心理的に拘束したのだろう。

僕の腕は止まらない。右手と左手を交互に振り、ひたすら殴りつける。痛みはないが、腕が重くなる。気持ち悪い感触と、鈍い音が全身に広がる。

「どこだよ。言わないと殴り続ける」僕は息を荒らげた。嘘をついている自覚はあった。言ったところで僕は殴るのはやめない。

「車」男が血と涎《よだれ》の溢れる口から洩らした。

「車？」ハルコさんが言う。

「たぶんトランク」僕は推測を口に出した後、「玄関にキーあるから」と言った。昔から、この男はそのあたりにキーを放り投げている。

ハルコさんはすぐさま玄関に向かった。

「ハルコさん、ごめんなさい。早く行って。あとは全部、忘れてください」ほとんど叫んでいた。

僕のせいでこんなことに巻き込んでしまったのだ。

罪の意識しかなかった。

ハルコさんは何も言わず、外に駆け出していく。

部屋には、男と僕の二人だけになった。

「親子水入らずだな」言った後で僕はまた殴り続ける。人を、しかも人の顔を殴るのは初めてだった。唯一、殴ってもいいのがこの男だ、と僕は思った。ひたすら拳を振る。嫌な音がする。さすがに拳が麻痺《まひ》しているのか、何倍にも膨らんでいるように感じた。

人間の顔面は思った以上に頑丈だ。粉砕するつもりで殴っているが、歯が一本、こぼれた程度だ。

男は何度か、体勢をひっくり返そうと動いたが、そのたび僕はバランスを取り、逃がさないようにと押さえ直す。

頭の中が、ぐつぐつと燃えている。このまま延々と殴りつけていれば、終わりがくるのだろうか。

それならそれで、と僕が思った時だ。アレが起きた。ぴりぴりとかすかに電気が走るような気配だ。

こんなところで入れ替わるのか？

時間を確認していなかった。もうそんな時間なのか。自分の下にいる男を見る。僕の赤黒い憎悪でできた粘土を、塗りたくったかのように、血まみれの腫れた顔面がある。風我はここに跳んでくるのか。ここに現れて、いったい何をどう思うのか。スマートフォンでせめて状況を説明したかったが、その余裕は当然ながらない。

跳んだ先はトイレの個室だった。風我は、誕生日の入れ替わりのルール「入れる時はトイレに」を守ってくれたのだろう。

ドアを開け、飛び出す。音が激しかったからか、洗面台の前にいた高齢男性がぎょっとしたように振り返った。

取り繕うように手をばしゃばしゃと洗う。痛みに襲われ、手を引いてしまう。拳が血だらけだった。皮が剝けているのはもちろん、骨や肉も損傷しているに違いない。鏡に恐ろしい表情が見え、足が止まる。

僕だ。

目は充血し、口の周りは強張っている。顔を逸らした瞬間、鏡の中にあの男が見えて、もう一度、視線をやる。そこに映るのは、僕でしかない。身体が震えている。胸が大きく上下しているのが分かる。全身が脈動するかのようだ。

深呼吸を何度かやり、外に出る。

DIYストアの出入り口だった。自動ドアを跨《また》ぐ。国道四十八号が目の前にあった。風我は愛子地区を走り回ってくれていたのだろう。時間が来たから、この店のトイレに飛び込んだのか。

早く戻らなくては。

あの男を許してはいけない。自分の鼻息がうるさくて仕方がなかった。スマートフォンを取り出し、風我に連絡を取ろうとしたが、そこで、クラクションを鳴らされた。そっと呼びかけるような遠慮がちな音で、顔を上げるとタクシーが駐車しており、運転手が手を振っている。もしや、と近づけば当然のように動き出し、僕のそばで後部ドアを開いた。

風我がここまで乗ってきたのだ。時間が来るため、この店のトイレに駆け込むことにしたのだろう。

「で、どこへ行きますか」運転手が訊いてくる。

目的地は一つしかない。血で汚れた拳を隠す。座席に付着してしまい、こっそりと拭った。アパートに戻ってくれ！　と叫びたいところをこらえ、住所を口にする。

運転手はのんびりと、こちらの状況を知らないのだから罪はないが、カーナビゲーションシステムに住所を入力する。

「できるだけ急いでください」感情を抑え、頼む。まだ興奮が収まっていない。気を抜くと、息が荒くなる。指先もまだ震えていた。

仙台駅に向かう西道路トンネルを走行する中、スマートフォンを操作する。風我と早く連絡を取りたい。トンネル内の、灯《あか》りが次々と後ろへ流れていく。

あっちに行った風我は、どうしているのか。僕が殴りつけたあの男を前に、さすがに驚いているはずだ。

呼び出し音は聞こえるが、出る気配はなく、留守番電話サービスにつながった。メッセージを残す気にもなれず、切った。

罵りの声を吐き出すのをこらえる。

ハルコさんの姿、怯えながらも怒りを露わにした彼女の顔を思い出した。僕が、あんな顔にしてしまったのだ。他人に迷惑をかけずに真面目に生きてきた彼女の美しい道を、泥で塗ってしまったようなものだ。こびりつき、決して拭えない泥で、だ。

ハルタ君は無事に見つかっただろうか。あの場から無事に離れられたのだろうか。絶叫をこらえるのが精一杯だった。

俯き気味にしていたからか、途中で運転手に、「具合、大丈夫ですか」と心配される。

「大丈夫です」と答える自分が忌々しい。大丈夫ではないのだ。

それでも運転手は、できる限りの速さでアパートに到着してくれた。財布から千円札を数枚つかんで払うと、おつりはいりません、と転げるように降りた。

アパートの前の駐車場に、警察車両や救急車両が停《と》まっている場面を想像してもいたが、そうはなっていなかった。先ほどもここに来たばかりだったから、時間を遡ったような気持ちになる。

階段を上がった。二階の、あの部屋はドアが壊れたままだ。僕の暴れっぷりからすれば、かなり騒がしかったはずだが隣人が集まっているわけでもなかった。昔から僕たちの部屋は、暴力や騒音で溢れていたから住人は慣れてしまっているのか。

部屋の中は無人だった。

僕が殴り続けていた場所には、少し血の痕が残っており、フライパンも転がっていたが、あの男はいなかった。

部屋から出て、外に目をやる。あの男の車がなかった。階段を降り、道路に戻ると来た道をまた走った。

想像する。

こっちに跳んできた風我は、倒れたあの男の前に現れたが、馬乗り状態ではなかったはずだ。あの男は、僕が力を緩めたと思ったのではないだろうか。これ幸いと起き上がり、部屋から飛び出し、車に乗って逃げた。そんなところではないか。

車のキーは？

ハルコさんが、トランクを開けるために持って出た。スペアを持っていたのか。

一番恐ろしいのは、またしてもハルコさんたちが捕まっていることだ。僕はスマートフォンの着信履歴画面から、ハルコさんの名前を選ぶ。呼び出し音が繰り返され、やがて、「もしもし」と彼女の声が聞こえた。

「無事ですか」と訊ねた。心の底から謝罪の言葉を口にしたかったが、それより先に状況を確認したかった。「ハルタ君は」

「泣き疲れて寝てます。今タクシーの中」

トランクから連れ出せたということか。あの男からは逃れられている、そのことが分かっただけでまずはほっとした。「本当に申し訳なかったです。巻き込んでしまって」

「何だったんですか、あれは」

「ハルタ君たちは何も悪くありません。僕の家のことに巻き込んでしまっただけです」

「巻き込んで、って。あんな目に遭ったんですよ！」彼女は大声を出し、すぐに黙った。ハルタ君が起きてしまうのを恐れたのかもしれない。次の言葉のかわりに、電話が切れた。

自分が通話停止のボタンを押したのだと思いたかったが、違った。ハルコさんが切ったのだろう。

さようなら、も、ありがとう、も言えなかった。もっと謝るべきだった。自分の内から言葉が尽きるまで、謝りの言葉を発しなくてはいけなかった。

その場から原付バイクも消えていたことに気づいた。これも考えられる可能性は多くない。

風我だろう。僕はキーを差したままだったから、運転したのだ。あの男が車で逃げたために追ったに違いない。

風我はここに跳んできて、血だらけの、輪郭が崩れるほど僕に殴られたあの男を見て、とっさに、状況を把握した。きっとそうだ。

「あの場面を見りゃ、そりゃ分かるよ。俺の目の前で、血だらけのあいつが倒れてたってことは、優我がやったに決まってる。優我が激怒するようなことを、あいつがしでかしたってことだろ。四つん這いで走るように出ていくあいつを見て、絶対逃がさねえぞ、と思った。バイクで追いついてやる、ってな」

その後で風我と言葉を交わしたら、そんなことを言ったに違いない。

実際はそうならなかった。風我と話すチャンスはやってこなかったからだ。

「ちょっと待ってくれ」高杉が今までで一番、戸惑いの表情を浮かべた。詐欺に気づいたかのようで、「どういうことだ、それは」と砕けた口調になっている。

「どういうこと、って」

「だって、おかしいだろ」

「あ、すみません。最初にも少し言いましたけど」と手のひらを前に出す。「僕の話には、嘘や矛盾があります。ですから、高杉さんが、あれ？　おかしいぞ、って思うこと自体は当然です。ただ、今、いったいどの部分に引っかかったのかと思いまして」

高杉は、僕の反応が予想外だったのか、「あ、いや」といったん自分を落ち着かせた。「続きを聞いてからにするよ。ええと、その弟さんと話す機会がなかった、というのは」

弟、という認識はあまりなかった。一緒に並んで生まれてきて、生き延びるために肩を組んで困難に耐えてきた、上下関係なしの同志だ。

話を続ける。もうこれはほとんど、僕の伝えたかったお話の最終章、最後の場面だ。

アパートを飛び出した僕は、あの男と風我、車とバイクがどこに行ったのか、必死に探した。あてずっぽうに走り回っても見つかるわけがなく、通行人に訊ねるわけにもいかない。

二つほど道を抜けたところで、不自然なほど人が集まっているのが見え、足を止めた。

ざわざわとしている。

事故だとはすぐに分かった。現場が見えないうちから、声にならない声、興奮と困惑まじりの騒がしさが、周囲の空気を熱くしているのが伝わってくる。

掻き分けるほど野次馬がいたわけではないものの、人と人のあいだをすり抜けるようにし、前に出る。心に泡が、熱を持った泡が次々と湧き上がり、鼓動が速くなった。燃えている、燃えているぞ、と高揚気味の声がした。誰も彼もがスマートフォンを取り出し、カメラを向けているように見える。

車が燃えていた。あの男の車だ。路上に停まっていた軽トラックに激突している。トラックに灯油だか何かが積まれていたのだと誰かが言うのが聞こえた。

近づくなと言わんばかりに、炎が上がっている。車体の内側から、割れたガラスを、炎の舌が舐《な》め回している。

「運転手は」僕は口にしていた。あの男はどうなったのだ。

燃え続ける車を眺めながら、体の力が抜けていくのを感じた。今まで、僕たちを苦しめてきた上に、つい先ほども、僕の人生を踏み躙《にじ》った男が、あっさりと逃げた。やっと殴りつけ、痛みを与えられたというのに、するりと消えた。その思いしかない。拳のうずきは、ふざけるな、と言っているかのようだ。ふざけるな、こんなことで許されると思っているのか、と。

「いやあ、駄目だ、あれは」隣の、背広姿の男が教えてくれる。

「駄目というのは」どういうことですか。

「軽トラのほうの運転手はすぐに逃げられたけれど。ぶつかったほうは燃えちゃって、運転手が出てきた時には火まみれで。さっきやっと火が消えたから、みんなで運んで」

ちゃんと苦しみましたかね。意識するより先に言っていたが、幸いなことに小声だったからか聞こえてはいなかったようだ。

ただ別の誰かが、あれは悲惨だな、と言うのは聞こえた。生きたまま焼かれているんだから、苦しかっただろうに、と。僕が希望的に求めた空耳だった可能性もあるが、とにかくその言葉に縋りたくはなった。

しばらく茫然と立っていると、「バイクのほうも、たぶん駄目だろうな」と背広の男が言った。

「バイク?」

「車にぶつかりそうになったのを避けたんじゃないか。横滑りして、路駐のトラックに激突したんだ」

「どこに」僕は、背広につかみかかりそうだった。実際に、つかみかかっていたかもしれない。

「誰かが、歩道に運んでたけど。あっちの」

指差す方向に駆けた。二十メートルほど離れた場所に、やはり人が集まっている。その中心に、人が倒れていた。姿をはっきり把握する前に、理解できた。あれは、風我だ。

あとはあまり覚えていない。まわりに立つ人を手で押しのけた。見世物にされている気分だったからかもしれない。どけ、どけ、と押しやる。不平を漏らす者もいたが、僕の興奮状態が怖かったのか、後ろへ下がった。

横を向いて風我は倒れており、誰かが外したのかヘルメットが脇に置かれていた。僕はすぐにしゃがみ、「おい、おい」と風我に呼びかけた。

ぴくりとも動かない風我のことが受け入れられない。体の下に、水たまりのように血が流れている。

その時、シャッター音がした。はっと立ち上がると、僕と似たような年齢の、長身の男がスマートフォンを持っていたのだ。

「撮るな」とっさに、そのスマートフォンをひったくった。

晒《さら》しものにされるのなんて、ごめんだ。その男は目を剝き、取り返そうと手を伸ばしてきた。僕は振り払い、「撮るな」ともう一度、言った。唾が飛ぶ。スマートフォンごと壊してしまいたくなる。

男が僕の服をつかみ、力強く引っ張るため、こちらもムキになって踏ん張った。おい、やめろ、やめろ、と誰かが間に入ってくるが、男はやめない。

救急車が到着したのがその時だった。まわりが急に慌ただしく動き始める。僕は手元のスマートフォンを放り投げる。

「弟さんは亡くなったのか」高杉が僕をじっと見てくる。相変わらず冷たい、凍ったような顔つきだが、目つきが強張っている。怒っているのか。

僕が首肯すると彼は、「整理させてくれ」とぶっきらぼうに言い、僕の発言をいったん止めるためなのか、手を前に小さく出した。

どうぞ、と僕はうなずく。その間、スマートフォンを触った。東北新幹線が立ち往生の記事はすでに、ニュースサイトのトップページからは消えていたが、見出しから消えれば事故が解消されたとは限らないだろう。おそらくまだ止まったままだ。

高杉は、僕の話をどう捉えればいいのか、と悩んでいる。

しばらく黙っていた彼は、眉をひそめると、「これはじゃあ」と自分のノートパソコンに視線をやった。トイレでの、僕と弟が入れ替わった瞬間を捉えた映像のことを指しているのだ。

「動画はフェイクです」

「ということになるよな」

「さすがに、亡くなった弟と、場所を替わることは無理ですから」

「だけど、加工や編集の跡はないと言われたんだ」

「それを言った人がどこまで信用できるか、です」

「どういうことだ」

「僕は、高杉さんに、話を聞いてほしかったんですよ。僕の、僕と風我のことを。ただ、普通に連絡を取ったら、高杉さんは会ってもくれないと思いまして」

「だから？」

「興味を持ってもらうために、あの動画を、高杉さんの会社で働くバイトに渡しました」

「あいつもグルだったのか？」

「お金を払って、お願いしただけです」高杉が関心を抱いたら、その動画に映っている人間を見つけ出した、と僕と結び付けてもらおう、そこまで依頼していた。

「そんな面倒なことをしなくても」

「誕生日に、二時間おきに瞬間移動で入れ替わる双子なんですけれど、と言って、信じてくれますか？」

高杉は表情を変えず、「確かに信じはしないだろうが」とうなずいた。「話は聞くだろうな。俺たちはいつだって、面白いネタを探しているんだから」

「それにしても」双子の瞬間移動、はさすがに受け入れがたいはずだ。「だから、まずは高杉さんに興味を持ってもらって」向こうから接触してもらうほうがいい、と考えた。「人は売り込まれたものより、自分で見つけたもののほうを信じます」

映像は確かに細工したが、中身を検証されてもばれない自信はあった。

「まずは、僕の話を聞いてほしかったんです。風我と僕とのことを」

「誕生日の入れ替わりというのは」

「もちろん、本当です」

高杉が、まだその冗談を続けるのか、と言いたげな小馬鹿にした表情を浮かべる。

「ただ、それを証明するものがないんです。風我がいるなら実際に見てもらえたけれど」

「俺に話を聞かせて、どうしてほしかったんだ」高杉は、ようやく話の道筋が見えてきたからか、先ほどまでの訝る気配が減り、余裕が浮かんでいる。二束三文、くだらないネタを売り込む一般人を相手にしているのだ、と気づいたのかもしれない。それなら、あしらうのに慣れているのだろう。

「テレビで使ってほしいんですよ」一気に言わなければ、恥ずかしさで言葉を飲み込んでしまいそうだった。

「だけど、あの映像は加工されているんだろ？　だったら取り上げようがない」

「ですから、奇妙な映像がどうこうではなく、僕自身を取材してくれませんか」

「常盤君を？」

いったい僕はどういう顔をしているのだろう。真剣さが伝わっているのか、それとも、自己顕示欲が露わになっているのか。

「お話ししたように僕の人生は、単純な幸福さとはずいぶん離れています。命があって、健康なのだからそれでよし、と思うところもあるんですが、あまりにもいいことなしなので」

「誕生日に瞬間移動できるなんて、稀有《けう》なプレゼントだと思うけど」高杉が見下すように、言ってくる。

「信じてくれないんですか」

「信じる人がいたら、教えてほしいくらいだよ。まだ、あの映像が本物だったら関心はあるけれど、加工されているんだろ？　ただの悪戯、悪ふざけと区別がつかない」

「動画はフェイクでも、それまでの人生で入れ替わりが起きていたのは事実なんですよ」

「取材してもらって、どうしたいんだ」高杉がうんざりした言い方になった。

「テレビに出たいんです」

「思い出作りってわけじゃないだろ」

「さっきも言いましたけど、それくらいのことがあってもいいと思ったんですよ。僕のこの人生、ろくなことがなかったので」

「そんな言葉を信じろって？」

高杉は、僕の発言に裏があることを見抜いているようだった。

グラスの水を一気に飲み干すと、「分かりました。正直に」と口にする。別に隠すつもりはなかった。「母親です」

「母親？」

「僕が高校生のころには家を出て、いなくなっていました。話しましたよね？　母親らしいことを何一つせずに、沈む船から一《いち》抜けたとばかりに、姿を消したあの女です」

「あの女」

「それを見つけたいんですよ。テレビに出れば、気づくかもしれない」

高杉はじっと僕を見る。正気で発言しているのか、と憐《あわ》れむようでもあった。

「うちの番組の影響力を大きく考えてくれるのはありがたいけれどさ、仮に、君のことをテレビで取り上げたとしても、どこにいるかも分からない母親に伝わるほど話題になるとは限らない」

「僕が今、話したような内容でも、話題にはなりませんか」

何しろ、双子が誕生日に瞬間移動をするんですよ。

テレビショッピングの売り文句を高らかに述べるかのようで、恥ずかしかった。ただ、恥ずかしさに負けるつもりはなかった「瞬間移動を。しかも二時間おきに」と言う必要のないことまで言い足したことで、今買われればもう一個つけますよ、とアピールする通販番組の口上にますます似てきた。

はん、と高杉は呆れたような息を吐いた。今日、会ってから最も感情を露わにした瞬間に見えた。僕のことを、頭から下まで、とはいえファミリーレストランのテーブルの上に出ている胴体までだけれど、観察するように眺めるとふっと腰を浮かせた。

帰る気か。

呼び止めなければ、と僕も立ちかけたところで、「まあいいや。ええと、ちょっと待っていてくれるか。今、上に相談するから」と高杉は指を天井に向け、こちらの返事も待たずに店の入り口付近へと歩いて行った。

本当に、上に相談してくれるのだろうか。

どのような番組になるのか。そんな想像を巡らせてしまいそうだ。

高杉が電話をかけているのが、遠くに見えた。飲み物をもう一度注ぎに行こうとしたが、画面が開いたままの高杉のノートパソコンに気づき、そっと触る。パソコンの中身を覗けるかもしれないと期待したが、パスワードを求める画面が表示される。簡単にはいかない。

自分では周囲に注意を払っているつもりでも、意識はパソコンに集中していたのだろう、高杉が戻ってきたことにも気づいていなかった。

「ちょっとお願いがあるんだけどさ」と呼びかけられ、その場で飛び上がりそうになった。

「お願い？　何ですか」

「もう一回、今の話、聞かせてくれないか」

「今の話？」

「生い立ちというか、その」

「双子の超常現象について、ですか」

「俺の説明だとどうしてもよく分からないらしい。簡単で良いから、常盤君が話してくれたほうが」

「はあ」よくは分からなかったが、上司が一笑に付したわけではない、とは理解できた。「それなら」

「店を出てからでもいいかい。俺の車にカメラあるから。それで撮らせてほしい」

会計する高杉を店の外で待っていると、食事を奢ってくれた異性を待つ恋人とは、このように手持無沙汰なのか、と想像したくなった。

「こっち」店から出た高杉は不機嫌そうだった。駐車場の奥へと歩いていく。僕の胡散臭い話にうんざりしている上に、上司から指示が出されたからだろうか。

「もし、それでうまくいけば、テレビ、出してもらえるんですかね」と言ってしまったのは不安があったからかもしれない。無言のままではいられなかった。

駐車場は暗かった。車が肩をすぼめながら、押し込められているかのようで、どこもかしこも湿って冷たい色をしている。

高杉は黒のエスティマのスライドドアを開けた。

カメラを取り出すのだろう、と僕は彼の背中を見ながら立っていた。甘かったとしか言いようがない。

彼が車内から体を戻して、「常盤君、これ」と振り返った時、それでもまだ僕は警戒していなかった。手に持っている物もビデオカメラだと思い、疑いもしていない。

形状が違う、と違和感を覚えた時には、彼の手が振り下ろされている。

とっさに避けたが、頭に衝撃はある。頭部に罅《ひび》が入ったようで、いや、実際に罅は入ったのかもしれない。視界が消えたが、飛び散る火花は見えた。

痛い。金槌《かなづち》？　どうして油断していたんだ！　骨がやられたのだろうか。さまざまな思いが頭を駆け巡る。早く態勢を整えなくては、と目を開こうとする。駆け巡った思いが、金槌で割られた部分から抜け出ているのではないか。力が入らなかった。そもそも腕が、手首に錠をかけられたかのように開かない。実際に手錠をつけられたのだと、遅れて理解した。

頭から袋をかぶせられた。このまま空気を遮断され、窒息してしまうのか。もはやそれでもいい、と感じる。何もかも投げ出したい気持ちが、頭を占めてきたのだ。エスティマの中に押し込められる。

どうして？　とは思わなかった。ひたすら、どこで？　と考えていた。

どこで気づかれたのだ。どの時点から？　やはり調子に乗って、話しすぎたのかもしれない。高杉を警戒させてしまう、と危険は感じていたものの、言わずにはいられなかった。ヒントをあげすぎた。

車の振動を感じながら、穴の開いた頭を使い、考える。

高杉に会いたかった理由は、テレビに出たいからなどではない。母親のことなどさらに無関係だ。テレビ番組に出てコンタクトを取るなんて、まどろこしい上に不確実な手段を選ぶわけがないし、そもそもあの母親に会いたい気持ちなど皆無だ。

二年前のあの出来事の後、ハルコさんとハルタ君と連絡を取らなくなり、僕は大学を辞めた。仙台市内の海沿いの町に引っ越し、古い木造アパートで暮らしていた。生活費は貯めていたアルバイト代と、以前、大学受験や授業料用として風我からもらったお金を取り崩すことでどうにかした。

陽を浴び、少しの水分で呼吸をする草木のような気持ちだった。

唯一の活動は、ボウリングくらいだ。

草木の暮らし、起きて夜までぼうっとしているだけの日々の中、久しぶりに外に出たところ通りかかったボウリング場の看板に、するすると引き寄せられたのがきっかけで、はじめた。

十四ポンドのボールをひたすら投げる。一心不乱、もしくは無心、という言葉がぴったりだったのかもしれない。

以降、時間があればボウリング場に通い、一人でボールを投げ続けた。

特に熱心なつもりはなかった。通い続けていればさすがに上達はし、高いスコアを出すようにもなったが、だからといって特別なことが起きることもない。ある時、隣のレーンのカップルの男のほうが、隻腕にもかかわらず右腕だけでストライクを何度も叩き出していて驚かされたことがあったが、特筆すべきことといえばその程度で、あとは毎日同じで、寝起きと食事、排泄だけの草花的生活に、ボウリングが加わっただけ、ボウリングをする植物になっただけ、とも言えた。

それが数ヵ月前、テレビから流れてきたニュースが目に入り、状況が変わった。

行方不明の小学生が自宅に帰って来たことが報じられていた。家出や迷子とは違う、故意に攫われ、監禁されていたという。

当然ながら僕はすぐに、二年前のこと、ハルタ君の学校の児童が殺害された事件のことを思い出した。「関連を調べている」とニュースは言っていたから、あの事件を想起したのは僕だけではなかったらしい。

ワイドショーは連日、この恐ろしい事件のことを報道し、夢中でそれを漁《あさ》った。

逃げてきた少年は怯えていただろうが、それでも、いくつかの情報を伝えてくれたらしい。地下室に閉じ込められていた。首輪めいたものをつけられていた。ただ、鎖が錆びていたのか、何度も引っ張り続けることで破壊し、犯人が入ってきたタイミングで外に逃げられた。地下室にはベッドや運動する器具があった。お父さんが通っていたトレーニングジムのようだった、と話した。いつも煌々《こうこう》と電気がついており、おそらく「煌々」という表現は少年ではなく大人が付け足したものだろうが、とにかくその明るさゆえ、ぐっすり眠ることもできなかったという。トイレはおまるで、食事はパン、犯人はいつも覆面をしていたから顔は分からない。

仙台市内のトレーニングジムは片端から、調べられていたに違いない。

僕が冷静さを失ったのは、逃げて助かった少年の、次のような証言を知ったからだ。

「シロクマのぬいぐるみが置いてあったけれど、赤く塗られていて、血だらけみたいで怖かった」

恐ろしい事件を起こす犯人だけあって、置いてあるグッズも不気味なものだ、と世間は感想を抱いただろうが、僕は違った。

頭が光り、瞬時に、暗くなる。電流が流れて、ヒューズが飛んだかのようだった。シロクマのぬいぐるみと言えば、思い出すものは一つしかない。

あれだ。

中学生の時、僕と風我とワタボコリが歩いている道に立っていた女子小学生が、「家出した」と言った。風我がシロクマの、血まみれにも見えるぬいぐるみを、彼女に押し付けた。断れずにそのぬいぐるみを受け取り、赤い血の色にぎょっとしたのか捨てようとしたものの、それもシロクマにとって悪いと思ったのか、結局は半分泣くような表情で、抱きしめていた。

そして彼女は、未成年の男に、車で轢かれて死んだのだ。

あの時のシロクマのぬいぐるみは、てっきりいっしょに轢かれ、ぼろぼろになり、処分されたのだろうと思っていた。

それが再び、現れた。

少年が監禁された場所で見たぬいぐるみは、あの時、風我が少女に渡したものだ。短絡的すぎると非難されても、僕にはぴんと来なかっただろう。

そうとしか思えない。

血まみれの、シロクマぬいぐるみがそうたくさん存在しているだろうか？　しかも、どちらも物騒な事件に関係している。

はじめにやったのは、部屋の押し入れの、何年も開けずにいた箱を引っ張り出し、名刺を探すことだった。小玉の叔父の、あのショーに入り込んだ時、風我と一緒に暴れた夜に持ち帰ったものだ。

そして、あのショーのファンクラブの一員だった弁護士の連絡先を見つけ、電話をかけた。小玉の叔父の家で、あのようなことが起きたのだから、弁護士も引っ越しているかもしれない、と思ったが、意外にも、事務所の場所も電話番号も名刺のままだった。よく考えればあの、僕たちが小玉の叔父の家で起こした騒動は公になっていないから、彼からしてもそのままでいることが一番自然だったのだろう。

弁護士に連絡を取り、法律相談のふりをし、会ったらすぐに脅した。

あの事件の、当時未成年だった轢き逃げ犯は、今どこで何をしているのか。話せ。

小玉の叔父のショーのことをちらつかせ、ばらされたくなければ、と詰め寄った。話せ。

弁護士は粘らなかった。自分が助かるためなら差し出せるものはすべて差し出すと、もともと決めていたかのような潔さで、「守秘義務」も、不時着に邪魔な荷物であるかのように、ぽーんと投げ捨てた。

当時高校生だった男の親は資産家で、「金はいくらでも出すから息子をどうにかしてほしい」と臆面もなく依頼したらしく、弁護士はそれを受けた。渋々どころか、かなり張り切ったのかもしれない。

未成年だった轢き逃げ犯の男は、弁護士の知人の養子になることで、別の苗字《みょうじ》「高杉」を手に入れた。都内で生活をし、制作プロダクションで働いていることが判明した。しかも、東京在住とはいえ、出身地の仙台に頻繁に来ているらしかった。

高杉が、犯人だ。

轢き逃げ事件の犯人だった男が、高杉と名前を変え、二年前には、ハルタ君と同じ学校の児童を殺害し、そして最近では、別の男子児童を監禁した。男子児童は逃げ出せたから良かったものの、そうでなかったらやはり命を奪われていただろう。ほかにも、被害者がいる可能性は高い。実際、二年前は行方不明のままの子供がいた。

僕の中でできあがったその一連の筋書きは、もはや、事実としか思えなくなっていた。

視野がぎゅっと狭くなり、眼前には、細い光が一直線に伸びているだけとなる。草木のように、人生の地面に根を生やし、その場で枯れることを期待していたのが、急に正面から一筋の陽が差してきた。自分の根を一つずつ土から抜き、前にそれを投げ出すようにしながら、細い、唯一の道を進むことにした。

誘蛾灯《ゆうがとう》に引き寄せられていただけ、といえばまさにそうかもしれないが、渦中の虫にそれが理解できれば苦労しない。

東京に出向き、高杉の周辺を調べた。彼の行く飲み屋で、高杉が、テレビ番組に使えそうな、面白い映像を集めていると知り、それを利用することにした。

ファストフード店での盗撮映像は、僕が用意した。高杉は、「調べたが、加工された形跡がなかった」と言っていたが、それもそのはずで、あれは本物、過去に、トイレで実際に撮影されたものだ。

高杉の前で披露した話の中でも言ったが、大学に入った年に風我と一緒に歩いている際に突然、声をかけてきた男がいた。「この映像に映っているのは、お兄ちゃんたちだろ」と言い、その映像の不自然さについて訴えてきた。それがまさにその、トイレで撮影されたものにほかならない。風我が、「盗撮じゃないか！」と軽く男を殴り、結局、ビデオカメラごと奪った。何に使うでもなく取っておかれたそれが、今回、役立った。

あの動画の日付に関しては嘘をついたが、映像自体には加工の跡はない。だから、高杉がいくら調べたところで、むしろ調べれば調べるほど本物と分かるはずで、きっと興味を持って、僕に接触するだろうと見込んだ。テレビ制作会社のバイトを金で釣り、協力を依頼する。

見込みは当たった。

彼からメールが来て、やり取りをし、そして今日会うことになった。

高杉に会ってどうするつもりだったのか？

確信していたとはいえ、本当に、高杉があの時の、轢き逃げ事件の、そして、二年前の少女殺害や今回の少年監禁の犯人なのかを確認はしたかった。

法的根拠までは期待しない。ただ、僕自身が確証と思えるものを得たかった。

僕の半生を喋りながら、ところどころに高杉に関する出来事を織り交ぜ、そのたびに、緊張しつつも観察した。こっそりとICレコーダーで録音もしていた。

想像以上に高杉の反応は読みにくかった。「顔に書かれている」の表現に倣えば、顔には文字一つなく、読みようがなかった。めくってもめくっても白紙だ。

さらに言えば、僕自身が、予期せぬトラブルに動揺していたことも災いしただろう。ファミリーレストランを出た後の高杉を尾行するプランが台無しになっていたからだ。どうすべきか、と緊急対応を頭で考えながらだったために、高杉に語る内容に注意を払えず、感情任せに核心に触れる話題を口にしていた。

しかも、だ。まさか先制攻撃を受けるとは思ってもいなかった。金槌で殴られるとは。

油断したつもりはなかったが、慎重さが足りなかった。挑発しすぎた。紙袋をかぶせられたために、頭を殴られたせいもあるだろう、まわりは真っ暗だった。このままどこに連れていかれるのか。

シロクマのぬいぐるみの置かれた地下室だろうか。それとも、人のいない森や海だろうか。

はっきりしているのは、今この瞬間に、僕を助けに来てくれる人はいない、ということだ。

ワタヤホコル

ワタヤホコルが、彼に久しぶりに会ったのはその日の夕方過ぎ、十六時になる少し前だった。

店の自動ドアが開き、客が入ってきたと思ったら、どこか見覚えのある顔で、慌てて記憶を辿った。

セキュリティ関連の勉強会で知り合った誰かか、もしくは、以前、鍵開けの仕事をした相手だろうか、そうでなければ先日来日したサイバーセキュリティの専門家講演で会った同業者だろうか、と直近の記憶からめくっていこうとしたところ、

「久しぶりだなあ」と相手が言った。

実際はその時点で、彼が誰なのかは分かったのかもしれないが、ワタヤホコルは相手の言葉を待った。

「今、たまたま前を通りかかったんだ」その偶然に心底、感銘を受けている様子か

ら、彼が嘘をついていないのは明白だった。ワタヤホコルの店は、国道四十八号沿いにある。地下鉄北四番丁の駅から少し歩いた場所で、市街地からは離れている。どこへ向かうところだったのか。「店名が『シューマッハ』だから、まさかと思って、入ってみたら」

「シューマッハとは少し違うんだ。そのままだとやっぱり、迷惑がかかりそうだから」

「誰に迷惑が」

「あちこち」

三年間、東京のインターネットセキュリティ専門の会社に勤めた後、ワタヤホコルは特に悩むこともなく独立し、仙台に帰り、帰るというほど本人は仙台をホームだと感じていなかったものの、とにかく店を開いた際、店名を考える頭にふいに、「シューマッハ」の響きがよぎった。いったいいつ耳にした単語だったのか。それが、中学生の頃、同じ学校の生徒、双子の兄弟が発した言葉だと気づくのにずいぶん時間がかかった。双子のどちらが口にしたのだったかすでに思い出せなかったが、言ったのは間違いない。

あの双子は妙だったな、とその時のワタヤホコルは懐かしく感じた。十代の、特に前半戦はろくな思い出がない。騒ぐのが苦手で、同級生と交流するのも面倒で、いつも本を読んでいるだけであるのに、「汚い」「貧しい」と罵ってくる者がいることと自体が、彼には理解できなかった。

汚くて貧しくて、誰に迷惑をかけたのだ。

一度、そう尋ねたら、たぶん中学一年のころだったが、相手は、「臭いのは迷惑だろうが」と唾を吐きかけてきた。

臭いのは謝る。が、唾をかけるのはさらに問題がある。傷害にあたるのではないか。そう言い返すと、さらに相手が怒る。そんなことばかりだった。

家に帰れば、無職の父親がごろごろ寝ている。古くて、寒く、狭い借家には我慢できたが、無職で場所を取り、おまけに痴漢の汚名まで羽織った父親には、うんざりだった。

そのことでもクラスで馬鹿にされ、とはいえ当時のワタヤホコルからすれば、学校に我慢して通う以外の選択肢はなかった。

「それで常盤君」ワタヤホコルは、突然自分の店に現れた旧友を呼ぶ。当時、自分は何と彼らのことを呼んでいたのだろう、と悩んだ。そもそも同じ学校の同じクラスにいただけで、特別なかかわりはなかったのだが、それでも呼びかけた時くらいはあったのだろう。「鍵でもなくしたの？」自分の店に来たからには、そういった用事があるのだろう。「建物？　車？　コンピューター、どのセキュリティに関係するの」

「いや、客じゃないんだ。悪いけど。あ、その前に、俺が双子のどっちなのか悩んではいないよな」

「風我？」

「外れ。優我だよ。こんな日に、偶然、おまえの店を見つけるなんて、これも何かの縁かと思ってさ」

「縁とか言って、変な教えを布教しに来たんじゃないよね」

「唐突だけど、ワタボコリは」

「その名前」

「悪いな。ただ、それしか知らないんだ」

「いいけど別に」

「あれを覚えてないか。昔、中学生の時」

「同じクラスだったよ」

「いや、そうじゃなくてだ、俺たちが歩いている時に、家出の小学生に会っただろ」

　ワタヤホコルはすぐに、「ああ」と声を高くした。

「覚えてるか」

「それはもちろん」ワタヤホコルはうなずく。忘れるわけがなかった。真っ先に思い浮かぶのは、常盤風我が押し付けた、シロクマの汚れたぬいぐるみと、それを抱える女子児童の顔だ。彼女が車に轢かれて死んだとニュースで知ったのは、翌朝だっただろうか。犯人が捕まった後も、その彼女の無残な死につながる、長い紐《ひも》の一端を自分がつかんでいる感触がぬぐえなかった。

「ワタボコリ、やっぱり、おまえも」カウンターを乗り越えんばかりに近寄ってくるので、さすがにびっくりした。

「やっぱり、って」

「おまえも忘れられていないんだろ。あの時のこと」

目の前の旧友は、果たして友達と呼べるかどうかはさておき、彼は昔からさほど変わっておらず、どちらかといえば童顔だったが、目は充血しているのか赤く見え、鬼気迫る迫力のせいか、人生の何周目かを迎えているかのような疲労困憊《こんぱい》が窺えた。

「この後、時間ないか？　おまえにもチャンスを」

「何のチャンス」

「挽回《ばんかい》のだよ。今日、挽回するんだ」

「挽回？」話が見えなかった。

中学時代、ワタヤホコルは、同級生に良い印象はひとつも持っていなかったが、常盤兄弟には奇妙な親近感が、ほんのわずかながら、あった。彼らの家も、ワタヤホコル同様、安心と平穏からは程遠い場所だと分かったからだろうか。もしくは、あの謎の出来事だ。

いつものように、同級生に暴力を受け、石を投げつけられた後で、学校敷地内の倉庫に押し込められた。倉庫内は思ったよりも暗かった。入り口が閉められた瞬間、面倒なことになったと感じた。彼らは簡単には開けないだろう。夜が明け、明日まで待たなくてはならないかもしれない。となると、学校の準備はできず、授業も受けられない。面倒な上に、閉じ込められた恐怖は想像以上で、おろおろし、開けてくれ、と叫んでいた。すると突然目の前に人が現れ、珍しく悲鳴を上げかけた。

それが常盤風我だった。その後のことはうろ覚えで、次の瞬間、記憶は外の光景になるのだ。記憶のフィルムが切り刻まれたかのようで、飛び飛びとなる。

気づけば倉庫の外、少し離れた場所に立っていた。手には、パーティで鳴らすようなクラッカーがあり、常盤風我に、「鳴らせ」と唆された。

突かれるがままに、いじめてきた生徒たちの耳元でクラッカーを弾けさせると、彼らは跳び上がるほど驚き、その乙女が震えあがるのにも似た姿に、ワタヤホコルは溜飲《りゅういん》を下げる思いだった。

痛快な体験だった。その後、怒った同級生にひどく暴力を振るわれたとはいえ、すっきりとした気持ちはあった。

「急で悪いけど、今から来られないか」

「今から？　どういうこと」

　そこで自分の後ろから、「いらっしゃいませ」とワタヤサトミが現れた。店舗兼家屋の、自宅部分から入って来たのだ。髪は短く活発な顔立ちをしている。子供のころから陸上部で活躍し、女子高生時代は雑誌モデルに近いことをやっていた彼女が、活発さや運動部、華やかさとは無縁に生きてきたワタヤホコルと親しくなり、結婚するに至るまでには、それなりの偶然やドラマがあったが、ここでは割愛する。

「実は、小中の同級生で」とワタヤホコルは妻にそう説明した後で、「こっちは、うちの奥さんなんだ」と常盤優我に紹介する。

「ああ、どうも」

「珍しいね、友達なんていたんだ？」と笑うワタヤサトミは、さすが夫婦と言うべきか、夫の人間関係が豊かとは呼べないことをよく知っている。

「友達ではないよ。いるわけがない」

　それを聞き、ワタヤサトミがけたけたと笑った。

「たまたま、この店のことを知って。懐かしくて入ってきた」

「ええと、それで何だっけ。今から？」

「いや、いい。忘れてくれ」

「忘れて？　どうしたの急に」

「用事があるなら、行ってきたら？　友達が来るなんて珍しいんだから」ワタヤサトミは言った。

「忘れてくれ」もう一度、そう言ってくる。先ほどの発言を払うような仕草を見せた。

彼が店を出ていくため、ワタヤホコルはすぐに追いかけた。

「さっきの話は何だったんだい。何かやるの？」

「何でもないって」

「悪いことをするつもりなんだね」ワタヤホコルがそう言ったのは、そうあってほしくないという願望と、ふざけたことをぶつけて本音を聞き出そうという狙いがあった。

「警察には言うなよ」

冗談と受け止めたかったが、相手の顔は妙に暗く、綻びが見えないため、笑い飛ばすことができなかった。

「あの人、仙台にいる人？」

店に戻ると、妻に訊ねられたものの、ワタヤホコルは答えられない。近況を聞いてもいなかった。挽回、とはいったい何のことなのか。あの、中学時代に起きた、轢き逃げ事件と被害者の少女がどうしたというのか。

少し興奮するように、前のめりで勧誘するかの如く積極的だった彼が、突然態度を変え、逃げるように立ち去った理由は、明らかだった。

ワタヤサトミが現れ、しかも見るからに妊婦の体形、恰好だったからだろう。巻き込んではいけない。

彼がそう判断したのを、ワタヤホコルは見て取った。つまり、そう判断できるくらいの正常さを、彼は持ち合わせていることになる。無神経で、おかしな双子でありながら、ほかの同級生とは違い、対等に付き合ってくれたような記憶があった。

余計にあの、深刻な、「挽回」の言葉が気になった。

いったい何をするつもりなのか。

妊娠した妻のいる自分を巻き込んではならない、そういったことをやろうとしている。

「ええと」ワタヤホコルは振り返ると妻を見た。いったい何と説明したものか、と言い淀《よど》んだが、すると彼女が、「何か気になるの？　いいよいいよ、追いかけたら」と察しよく答えてくるものだから驚いた。「昔の友達が来るなんて初めてだし、めったにないことなんだから」

「友達ではないんだけれど」

「いいからいいから、行ってきて。だって、さっきの人、誰さんだっけ」

「常盤」そう言ってからまた、中学生の時の自分は、彼、彼らのことを何と呼んでいたのだったか、と考えてしまう。優我君と風我君？　常盤君？

「その常盤さん、だいぶ思い詰めた顔してたでしょ。気になるよ。店番はわたしできるし、もし出張しないといけない依頼があったら、電話するから」

　身重の妻にすべて任せて、店を後にすることには抵抗があったが、ワタヤホコルは、「ちょっと行ってくる」とカウンターから出た。

　店を出ると、国道四十八号の歩道で、左右に視線をやる。姿が見当たらなければすぐ引き返すつもりだった。左右のどちらに行くべきかも分からず、闇雲に進んでも意味はないだろう。

が、幸か不幸か、ワタヤホコルは、先ほど自分の前から去ったばかりの元同級生の姿を見つけた。右手の前方、すでに五十メートル以上は離れていたが、横断歩道を渡るために止まっている。

　走れば呼び止められるように思ったところで、運悪く信号が青になり、相手は対岸へ渡っていってしまう。

　これはもう、追いつけない。

追わない理由が見つかった、とほっとする思いでワタヤホコルは店へと引き返しかけたが、そこで数メートル進んだところ、元同級生がファミリーレストランの中へ姿を消すのが目に入った。

まだ後を追おうと思えば追える。そういう状況になってしまった。

そのうち歩行者信号が青になる。ファミリーレストランでなら話をすることもできるのかもしれない、と渡ることにした。


徒歩でレストランに行き、階段を上り、中に入った。空いている席にどうぞ、と店員が言ってくるので素早く店内を見渡したが、ちょうどそのタイミングで、常盤優我がトイレから現れた。慌てて顔を背けた。

彼は気づいた様子もなく、窓際の四人掛けテーブルに腰掛けたのだが、その向かい側に見知らぬ男がいた。もともと、ここで待ち合わせをしていたのだろうか。

ワタヤホコルは、その近く、常盤優我の背中が見えるテーブルを選ぶ。腰を下ろしたところで、いったい自分は何をやっているのか、と苦笑してしまう。

常盤優我の向かい側に座る男は、柔らかな髪をした、整った顔立ちで、涼し気な表情をしている。もっと言えば、感情が見えなかった。

ノートパソコンを出し、画面を二人で眺めていたから、はじめは仕事の打ち合わせのようなものかと思ったが、そのうち、常盤優我が話をはじめた。向かい側の男は、時折、質問や相槌を挟みながら耳を傾けている。ずいぶん長い話だった。

刑事や探偵ではないのだから、ずっと張り付いているのも変だ。ワタヤホコルはコーヒーを飲み終えると、レジに向かう。

会計を済まし、外に出る際、ばれないようにと気を配りながら様子を窺えば、常盤優我が飲み物を注ぎに行き、戻ってくるところだった。向こうはワタヤホコルに気づいてはいなかったが、その表情には緊張感と真剣さが滲んでいた。

店に戻った後も、もやもやと常盤優我のことが気になったのは、店を出る際に見かけた、彼の顔の重々しさがひっかかったからかもしれない。

数十分経った頃、妻が、「何か気になることでもあるの？」と言ってくるくらいには、ワタヤホコルは思い悩んでいた。

「やっぱり、ちょっともう一度外に出てきていいかな」と言い残すと、妻はさすがに訝ったが、説明も難しい。「さっきの常盤のことが少し気になって」

「まだ、あのレストランにいるの？」

「いなかったらすぐに戻ってくるよ」

「結婚詐欺に巻き込まれているとか」

妻が言ったのはつい先日、テレビ番組で結婚詐欺の女が男をだまくらかし、大金を搾り取る話を観たばかりだからだ。

常盤優我が会っていたのは男だったが、そのことは言わず、ワタヤホコルはうなずくだけにとどめ、再びファミリーレストランへと向かった。

国道沿いの歩道を進み、店の入り口が見えたあたりで、階段を下りてくる彼の姿が目に入った。

さっと見えない角度へと、移動した。

常盤優我ともう一人の男は、駐車場の奥へと歩いていく。ちょうど店を出るタイミングだったようだ。

ワタヤホコルはふらふらと、風に吹かれて転がる綿埃のように、そっとついていく。駐車場は外から見るよりも広く、一番奥のあたりに、二人が移動していった。

見咎められてもばつが悪いため、あたかもほかの車に乗るようなふりをし、少しうろうろとしながら、二人を目で追う。

ミニバンのスライドドアが開く音がした。

鈍い音が聞こえたのは、ワタヤホコルが駐車車両の間を通り抜けるために視線を外していた時だった。

何かあったのか、と慌てて振り返り、奥へと目をやるが角度が悪く、見通せない。自然を装い、果たしてどれほど自然なのかはさておき、引き返しつつ位置を変えた。車内に人が倒れている姿が目に飛び込んできたが、それも一瞬のことで、スライドドアを男が閉めた。

常盤優我の姿が見当たらない。

車がゆるゆると発進した。

今のは？　とワタヤホコルはぼんやりと立ったままだった。

常盤優我はどこへ消えたのか。車に乗ったと考えるべきだろうが、先ほどの車内に、人形か荷物のように横たわっていたのはあれは何なのだ。あれが常盤優我だったのでは？

車が進んでいくのを眺めながら、ぼうっと立っている。追ったほうがいいのだろうか。自動車が駐車場から出ていくところで、これはもはや追跡不可能、と諦めかけた。

ワタヤホコルはとりあえず、エスティマが先ほどまで駐車していたところへ行く。足元に、黒い水滴のような汚れが目に入り、靴の裏で伸ばすようにした。思ったよりも粘り気がある。嫌な予感が頭を占めていたからか、ワタヤホコルは、それが血痕以外には思えない。

ますますワタヤホコルは焦った。

穏やかならざることが起きている。あの車を行かせてはいけなかったのではないか、不覚だった、と後悔に襲われる。

するとほかの駐車車両の向こうに、エスティマの姿がまだ、駐車場の敷地内にあるのが見えた。どうしたのか。背伸びをし、状況を確認すれば、別の車が邪魔で、通り抜けができないのだと分かった。

ワタヤホコルは駐車場を走り、外に出ると国道に少しはみ出すように立ち、タクシーを探した。自分の店に戻って、車を持ってくる余裕はない。

遠くに見えたタクシーが、獲物を見つけた鳥が降下してくるような滑らかさで、車線を二つ移動し、向かってきた。

乗り込むと運転手が、どちらまで、と振り返ってくる。

「ちょっと待ってもらっていいですか」

「待つ?」

バックミラーに映る運転手の目が険しくなる。髪が白く、しかも量も多いため、綿菓子のようだな、とワタヤホコルはふと思う。

「今そこから出てくる黒のミニバンを追ってほしいんです」

「え、追うの?」綿菓子運転手は驚きの声を上げた。

駐車場内で折り返してきたのだろう、黒のミニバンが入り口側から現れたのが、その直後だった。

「あれです」とワタヤホコルは後部座席から指差す。勢いよく人差し指を突き出したため、運転席の脇にある、透明の防護プラスチックに指先が激突し、変な声を出してしまう。

「大丈夫ですか？」運転手は笑いをこらえていた。タクシーが発進する。「ばれないように？」

「え」

「あのエスティマにばれないように、追ったほうがいいの？　それとも単にくっついていけばいいのかな」

「ばれないほうで」

ワタヤホコルは答えた後で、中学生の頃、常盤兄弟の優我だったか風我だったか、どちらかに、「将来、タクシーに乗って運転手に話しかけられたらどうするんだよ」と言われたことを思い出した。誰ともコミュニケーションを取らずに生きていきたい、生きていけるはずだ、と考えていた時だ。別段、あの言葉に影響を受けたわけではないが、今となっては毎日、妻と会話をし、客と雑談を交わし、タクシー運転手と苦もなくやり取りしているのだから、予想とはずいぶん違った人生を歩いているものだ、とワタヤホコルは感じる。

　エスティマの追跡を運転手に任せたところで、ワタヤホコルはやっと一息つけた。

　警察に通報したほうがいいのだろうか。スマートフォンを取り出しながら悩むが、踏ん切りがつかない。

　エスティマの車内に、倒れた恰好の人が見えた。ただ、あまりにも瞬間的なことだったから、あれが本当に現実の場面だったのか自信はない。あの血痕！　そう思い、靴を斜めにひっくり返し、靴底を見る。すでに土がこびりつき、血かどうかもあやふやだった。

　もう少し状況が明確になってからでなければ、警察も動いてはくれないだろう。

「住宅地に入って来たね」運転手がぼそっと言ったのは、二十分ほど経ってからだった。

「これ、どの辺ですか？」

　運転手が、住宅地の名前を答えてくれる。

　エスティマが停車したのは、大きな住宅の前だった。タクシーはそれよりだいぶ手前に停車してもらう。代金は事前に支払っておいたため、比較的すぐ外に出られた。家のガレージのシャッターが開くのが分かった。エスティマが中に姿を消す。

この家の住人なのか？

まだ夜には早かったが、街は静かだった。それぞれの家が息を詰め、指揮者の指揮棒の動きをじっと待つような緊張感をワタヤホコルは覚えたが、それは彼自身の緊張と不安のせいだろう。

エスティマが消えた家の前を通り過ぎる。シャッターはすでに降り切っていた。三階建ての立派な構えの家は、高級な背広をきっちり着た長身の富豪を、ワタヤホコルに想像させた。とはいえ、スマートな形ではなく、思いつきで増築を重ねたような不恰好さもあり、家柄のいい御曹司というよりは、なりふり構わず財を成した、成り上がった富豪のほうが近い、とも思った。

常盤優我はここに連れ込まれたのだろうか？

どうする？

家の前で立ち止まっているわけにはいかず、行き過ぎてからまた戻る。

チャイムを鳴らすべきか、それともこの時点で警察を呼ぶべきか。

ワタヤホコルとしてはそこで長い間、悩んでいた自覚はなかったが、もしかするとそれなりの時間、そこに立ち尽くしていたのかもしれない。もう一度、豪邸の前を過ぎた時、背後でモーター音が鳴った。シャッターが開きはじめたのだ。

ワタヤホコルはとっさに走り出したくなるのをこらえる。

エスティマがまた出てきた。肉食獣が自分の背後を音もなく通り過ぎていくような気分になる。何事もなく遠ざかるのを待つ。

シャッターがまた閉まる直前に中に駆け込むことも考えたが、エスティマのミラーで見られる可能性もあるため、やめた。

ワタヤホコルは白壁の家と向き合い、見上げる。白い巨人と相対するような気持ちになった。

門扉脇のチャイムのボタンを押す。

反応はなく、しばらく間をおいてからもう一度試すが、しんとしたままだ。

スマートフォンを取り出した時には、やるべきことを決めていた。

「どんな感じ?」妻のワタヤサトミはすぐに電話に出た。

ワタヤホコルは今いる場所、その住宅地にいることを告げる。

「仕事?」

「ではないんだけど、いや、仕事みたいなものかな。仕事道具を持ってきてほしいんだ」

「今から? 店、誰もいなくなっちゃうけど」ワタヤサトミは言いかけたところで、

「まあ、いいか」と続けた。「そういうこと時々あるしね」

　妻の判断の速さにワタヤホコルは感激する。以前から、物事に素早く対処し、臨機応変に動く性格だったが、お腹に胎児を抱くようになってからというもの、その傾向がさらに強くなった。胎児が指示を出しているのでは、と疑いたくなるほど、てきぱきとしはじめた。

　その、てきぱきは車の運転にも影響を与えたのか、ワタヤホコルが電話を終え、住宅地内にある公園、広い敷地を使ったわりに利用者が少ない贅沢な公園だったが、そこで待っていると、体感で言えば十分も待たずして、黄色のスズキ・ワゴンRがつんのめるように急停車した。

　ワタヤホコルはワゴンRに駆け寄る。

　運転席から妻が降りてくる。

「お待たせ」

「もう少し安全運転を」

　ワタヤホコルは嘆きながらも後部座席に体を突っ込み、中から登山用リュックサックを引っ張り出した。

　妻に礼を言うと、店に戻っているように伝えた。

　ワタヤホコルは再び、先ほどの三階建て家屋へと向かった。

道具が手に入ったからなのか、ワタヤホコルの心持ちは少し楽になっている。焦りや困惑で乱れていた思考を、ここからは自分の専門分野ですからと、「プロ意識」が先導し始めた。

周囲を少し確認すると、門扉を開き、これは施錠されていなかったものだから、こそこそするよりは堂々と入っていけば、怪しまれない。

庭木と呼べるものはほとんどなかった。昔はコニファーやエゴノキが生えていたのをどこかの時点ですべてなくしたのだろう、木々の痕はあるものの、すっきりとしていた。

門扉から玄関に辿り着くと、ワタヤホコルはリュックを下に置き、鍵穴を見た後で、中から道具を取り出す。小型の、千枚通しじみたツールを挿し込み、かちゃかちゃと動かした。

少しすると道具をしまい、リュックサックを背負い直すと玄関ドアを離れる。ピッキングで開けるには手強い。時間をかけるわけにはいかないから、手っ取り早い方法を取ることにした。

裏手のガラス戸のところまで来ると、ワタヤホコルは、少し大きめの、マグカップのようなものをつかみ、ガラスに口の部分を押し当てた。

カップにはコードがついており、それを別の電気器具に取り付ける。エアコンのリモコンに似たその器具のダイヤルをゆっくりとひねる。

罅の入る音と、ガラスの破片が落ちる音がする。カップをそっと離すと円形に、ガラスがくり貫《ぬ》かれている。マイナスドライバーによる三角割りやバーナーでガラスを熱して割る方法もあるが、ワタヤホコルは、自作したこのマグカップの道具を気に入っている。

ガラスの穴から手を入れ、戸のロックを外すと、開いた。靴を脱ぎかけたがやめる。他人の家に土足で上がるのに罪の意識が湧くのを抑え、中に入った。

一瞬、空き家なのかと思った。家具はほとんどなく、がらんとし、生活の匂いは皆無だったからだ。リビングの向こう側にキッチンがあり、その横には白の冷蔵庫が設置されているのを見つける。ワタヤホコルはフローリングに靴が汚れを残さないように気を配りながら、歩いた。

怪しいドアはすぐに見つかった。部屋の奥に設置されているが、パスコードを入力するパネルが横にあった。関係者以外立ち入り禁止の佇《たたず》まいだ。

ワタヤホコルはパネルに触れる。反応し、画面が表示された。闇雲にコードを打つような真似《まね》はしなかった。

パネルのメーカー名を調べ、型番を読むと、ドアレバーを軽く触りながら、ロック部の形状を確かめる。

勝算ありと判断し、マグカップ型器具を持つと、パネルに近づけ、接続した道具のダイヤルを回した。患者の腹に聴診器をあてる医師のような顔つきでワタヤホコルはしばらく、じっとする。やがてパネル内の電気系統が、降参！　と洩らすような音を発した。

周波数のシューマッハ、と語呂遊びにもならない言葉が頭をかすめる。

レバーをそっと倒すと、ドアが開いた。中に入り、ドアを閉じれば真っ暗で、慌てて壁を触り、照明スイッチを探り当てる。

明るくしていなかったら転げ落ちていたかもしれない。すぐに地下への階段があった。

一歩段を降りるたび、二度と引き返せない恐怖がよぎり、大きなおなかを撫でる妻の姿が思い浮かび、一段、戻る。そののち、また下る。それを繰り返した。

ようやく到《たど》り着いた地下の空間は明るかった。床は病院のリノリウムにも似た素材で、白く光るかのようだ。壁も白い。

トレーニングルームだとワタヤホコルは認識した。実際、室内には筋力トレーニングに使うと思しき器具がいくつも並んでいたのだ。エスティマを運転していたあの男が運動するための部屋なのか。

歩くたびに靴底が床に、粘るような音を出したが、ワタヤホコルには聞こえない。頑丈そうなフレームに囲まれた場所に近づく。ベンチが置かれ、アイアンバーベルがフックに引っ掛けられていた。頭上のバーにはぶら下がることもできるだろう。ベンチに近づく。その表面に、赤黒い染みを発見した。床の部分にも同様の染みがあった。アイアンバーベルの重りを見れば、血痕のような汚れがある。

ワタヤホコルの体感では、部屋が急に、薄暗く、狭くなった。

降りてきた階段を振り返る。閉じ込められるような恐怖が、背筋に息を吹きかけてきた。

ベンチのそばにロッカーが置かれており、そこを開く。

大きな荷物がこぼれ出てきた、と思えば人間で、ワタヤホコルはとっさに受け止めた。その人間は両手を後ろで、粘着テープでぐるぐる巻きにされている。

ぎょっとして突き放しそうになるのをこらえ、ゆっくりと床に下ろした。頭にはビニール袋がかぶせられており、半ば千切るように、それを取る。

顔が現れるが、その頭髪が濡れており、しかも粘り気のある濡れ方であるから、ワタヤホコルは狼狽した。油絵の具を塗りたくったかのように、血がついている。

激しく揺するのもためらわれるが、常盤君、常盤君、と呼びかけた。あまりに反応がないため鼻の近くに手を当て、息を確認する。少しして体をびくっと動かした常盤優我が、つらそうに目を開けた。

閑話休題。

僕の頭は重苦しく、視界は狭かった。透明の手により自分の頭部を押さえつけられているような感覚がある。暗闇に光が差し込んだのは、自分の瞼《まぶた》が開いたからだと気づいた。

視界に飛び込んできた人の顔がある。誰なのかすぐには認識できず、風我？と口に出していた。いるわけがないにもかかわらず、今ここで自分を助けに来るとすれば、風我しか思いつかなかったのだ。

常盤君、と呼びかけてくる。

誰だ？

眩《まぶ》しさが目に刺さってくるかのようだ。「風我？」「僕だよ、僕」「僕？」「ワタヤ、ワタボコリ」

ワタボコリとは、これまた懐かしい名前が、と僕はまったく動かない歯車を頭の中で漕ぐ。頭部に穴が開いたせいで、過去の思い出が暴走よろしく再生されているのか、と疑った。

少しずつ眩しさに慣れてくると、自分を抱きかかえるようにする男が見えた。

体を起こす。頭に痛みが走った。なんだよこれは、となじりたくなるほどの激痛で、あのレストランの駐車場で殴られたことを思い出す。

「ここは」

「車で運ばれてきたんだ」

床に尻をついたまま相手を見れば、確かに、ワタボコリの面影が重なる。「本当に、ワタボコリなのか」

「あの後、実はファミリーレストランで目撃したんだ」

「あの後？」

「君が、僕の店に来て」

「ああ」激痛で鈍っている頭ながら、だんだんと状況が飲み込めてきた。「それで、助けに来てくれたのか」

「タクシーで」

「ここは」もう一度訊ねる。広い室内だった。トレーニング器具が並び、ロッカーもあれば、ボクサーが使うようなパンチングマシンも見える。

ワタボコリがそこで街の名前を口にする。「ここ、豪邸だよ」

「あいつはどこだ」高杉はどこだ。振り下ろされた金槌の動きが、記憶の中で蘇った。同時に、頭が割られた痛みを思い出し、体の内側がぶるぶると震える。今もずっと痛いが、殴られた瞬間はまた別の痛さがあった。

「男はエスティマで出て行った。その間に、来たんだ」

「どうやってここに」

鍵がかかっていないとは思えない。耳もやられているのか、ワタボコリの言葉はうまく聞き取れず、シューマッハがどうこう、と言っているようにしか感じなかった。

「この怪我、どうして」ワタボコリの服は赤く汚れている。僕の流血なのだと少しして気づく。

膝を立て、ゆっくり起き上がる。バランスを崩し、よろけたのを踏ん張った。そのたびに痛みで、目の前を弾かれる。ばちんばちんと視界が光る。

ワタボコリが、僕を支えるように寄ってきた。

「大丈夫だ」と言いながら僕は、その部屋を少し歩きまわった。壁や床、天井も白系統の色をしていたが清潔感や爽快感はない。ここだ、と僕は察している。

「ここだ？　何が」

部屋の隅に白い箱を見つけた。室内は何でもかんでも白く、そのことが不気味だった。箱に近づき、中を覗くと、ごみ袋が詰まっている。体が動くたびにずきずきと痛みが脈打つが、もはや痺れのようにも感じてきた。

ごみ袋を持ち上げた瞬間、僕は声を上げていた。「あ」と呻くようにし、すぐにそのビニールを指で引き裂く。

ワタボコリが驚いているが、彼のその先に、袋から引っ張り出したそれを突き付けるようにした。「これ覚えてるか」

自分の過去の罪の、厳密には罪ではないのかもしれないが、罪悪感の象徴がそこにあった。

シロクマのぬいぐるみだ。バスケットボールほどの大きさだろうか、薄汚れており、何よりその頭部から肩のあたりまでが赤黒く汚れていた。

ああ、とワタボコリも茫然とそれを見つめていた。「これ」

「報道があったから念のため捨てようと思ったんだろうな」

「報道？　念のため？　何のこと」

ワタボコリと向き合った。「これを覚えてるだろ」と突き付ける。

そこで彼が、心当たりがないような反応を見せたら僕はどう思ったのか。落胆したのか、それともむしろ、あれは大した出来事ではなかったと安堵したのか。ただワタボコリは神妙にうなずいた。「あの時の」

「そうなんだ、あれだ」まさか本当に、このぬいぐるみに出会う時が来るとは。自分を失わないでいるのが精一杯だったが、「最近、市内で小学生が監禁されていたニュースがあっただろ」と続ける。

ワタボコリは目を見開き、ぽかんとした表情のまま、こくりとうなずいた。

「あの小学生が言ってたらしい。閉じ込められていた場所には、血だらけの、クマのぬいぐるみがあったってな」

「それが」

「これ。それがここ、だ」

「常盤君は、いったい何をするつもりだったんだ」

「さっきの男が犯人ってことだよ」

「犯人って」

「このぬいぐるみを持った小学生を轢き殺した。そして今も、小学生を攫っている」

二年前には一人殺害し、ついこの間は、その寸前までいった。さらに言えば、二年前、ハルタ君の学校の児童以外にも行方不明の子供はいた。発覚していないだけで、余罪はほかにもあるだろう。今日、高杉と初めて向き合って、僕はその思いを強くした。

あの男には、人の感情が見えなかった。優しさや道徳心の欠如、というよりも、男子児童に逃げられ、報道されているにもかかわらず焦りや危機感がまったく感じ取れないことが恐ろしかった。自分の損得、リスクやメリットの計算をすること自体を放棄して生きてきているのではないか。

　そもそもが、最初の少女を轢き逃げした事件にしても後先を考えたものとは言い難かった。自分の欲求、興味や好奇心に従って暴力を振るうだけで、罪を逃れるために念入りに準備をするタイプでもない。二年前も、広瀬川河川敷に遺体を無造作に捨てている。にもかかわらず、彼は平然と生きている。肉親の援助や弁護士の活躍もあるだろうが、それ以上に、強運なのだろうか。憎まれっ子世に憚《はばか》る、どころか、反省のない殺人犯が憚っているわけだ。

「あの轢き逃げ犯はすぐに捕まったんじゃなかったっけ」

「十五歳の未成年だ。すぐに社会に戻って、苗字を変えて、また活動を」

「活動って」

「二年前に、小学生の遺体が発見された。つい最近は、さっき言ったけれど、行方不明になった小学生が監禁場所から逃げてきた」

「それって、どういうこと?」ワタボコリは眉根を寄せた。「反省していないってこと?」

「前回の失敗を生かして、今回はうまくやろう、という反省はしているかもしれない」

「いったい全体」

「ここがたぶん、小学生が監禁されていた場所だろうな。その子は、ぬいぐるみの話をしていたらしいから」

「あのさっきの男が犯人？」

ワタボコリは、信じがたいからか何度も同じことを確認した。僕の血まみれの頭を見て、顔をゆがめた。金槌で殴りつけた僕を縛り、放置した男なのだ。あの男が、真っ当な人物ではないことは認めるほかないだろう。

「とにかくここを出よう」ワタボコリが言う。「歩ける？」

「大丈夫だ」そう答える頭がすでに朦朧としてはいた。

「あ、電話」ワタボコリがスマートフォンを操作しはじめた。「さすがにこれは、警察に」

僕は自分のスマートフォンがどこに行ったのか、とぼんやりポケットを探りかけた。それから、「もし自分が高杉なら、この部屋には電波が入らないようにするだろうな」と思った。

案の定、「駄目だ。電話、ここから出てからかけないと」とワタボコリが言ってくる。

階段まで歩く最中、床に四角形の形で跡がついている部分が見えた。重い家具を長期間、置いてあったかのような、黒ずんだ凹《へこ》みだ。はじめは、部屋の真ん中にずいぶん大きな物を設置していたのだな、邪魔ではなかったのか、とのんびりと眺めていたがすぐに、過去に見た光景が一瞬、出現した。見えて、消えた。

水槽だ。

その、四角形の枠にぴったりはまる台と、その上の縦に深い水槽だ。僕は視線を振り、壁を見る。排水用のホースが伸び、壁につなげられていたはずだ。

あの地下室だ。ここは、あの家なのだ。

一度だけ、しかも一時間もいなかったが、今もまざまざと思い出せるほど、記憶に深く刻まれている。忘れられるわけがなかった。

「小玉の家だ」

「え」

ワタボコリに言っても仕方がない。ここは、小玉の叔父が住んでいた家なのだ。

こんな偶然が？

そう思ったところで、これは偶然なのではないと気づいた。未成年のころに事件を起こした高杉を、当時は高杉という名前ではなかったが、彼を社会復帰させた最優秀選手、マンオブザマッチの弁護士は、小玉の叔父のショーの常連だった。

叔父が施設に入って以降、この家の売却を任された可能性はある。豪邸ではあるものの、センスが良いとはいいがたい建物で、買い手が見つからず、貸しのある人物、高杉の親に購入させた。それを高杉が、秘密の遊び場にちょうどいいね、と思ったかどうかは知らないが、有効に活用している。大方そんなところではないか。

「常盤君は、あの男が犯人だと知っていたわけ」

「怪しいと思ったから確証を得たかったんだ」

「だからわざと捕まったの？」

「会って話して、犯人かどうか探りを入れたかった。あとは高杉の車を追うことを考えていたんだけれど」

予定が狂ってしまった。プランが崩れたため、その穴埋めや調整をするのに、僕自身も焦りがあった。警戒していたつもりが相手に連れ去られる結果になった。ワタボコリが来なければ、出血のひどさで大変なことになっていただろう。

「早く上がって。警察に電話する」ワタボコリは自らに言い聞かせるように、部屋の壁にくっついた階段を昇りはじめた。少しあいだを空け、僕もついていく。

一階に通じるドアの手前で、ワタボコリが、「この部屋、写真に撮っておいたほうが証拠になるかも」と立ち止まり、スマートフォンを構えた。地下室全体を見下ろす形だった。

ドアが開いたのはその時だ。

はっとして首をそちらに傾けると、高杉が立っていた。手には杖《つえ》なのか棒状のものをつかんでいる。猟銃だった。彼はすぐさま構え、迷わず発砲した。弾けるような銃声が響いたのだ。

ワタボコリが倒れてきたため、僕も当然、巻き込まれ、二人でそのまま階段の下へと転がり落ちた。撃たれたワタボコリの体から飛び散った血の赤色が、僕の視界を濡らすかのようだった。全身にくさびを打ち込まれる激痛が、体を走った。

地下室に転がった僕は、頭を押さえながら、痛みが消えるまで悶えるようにしていた。指には血が付く。金槌で粉砕された場所は治療を受けていないのだから、痛みは消えないのも当然か。永遠にこのままではないか、と怖くなったが、次第に、もしかすると神経が音を上げ、麻痺してきたのだろうか、痛みが和らいだようにも感じた。

前に、人の姿がある。僕の前に立つ、高杉だ。

右手前方、壁際にはワタボコリがうずくまっている。撃たれた個所が気になる。どの程度の傷か。

ワタボコリがどうしてここにいるのか、僕にはまだよく理解できていなかった。会うのは何年ぶりなのだ。中学卒業以来ではないか。

それがなぜ、助けにきてくれたのか。

経緯はどうあれ、彼が無関係なのは間違いなかった。僕を助けに、わざわざ来てくれただけで怪我を負う理由はない。ましてや、銃で撃たれることなどあってはいけないだろう。

ぬいぐるみを押し付けられた女子児童、アパートであの男に襲われていたハルコさんと、車に閉じ込められたハルタ君、彼らの姿が見える。もう誰かを巻き込むのは避けたい。絶対に避けなくてはいけない。

高杉は猟銃を持っていたが、構えてはいなかった。僕もワタボコリも身動きが取れる状況ではなく、抵抗される危険を感じていないのだろう。

「何なの、おまえは。どこから来たんだよ」

高杉は不機嫌そうに言い、壁によりかかるワタボコリを足で押すようにした。傷口を狙われているのか、ワタボコリが苦し気な声を上げた。

「アヒルみたいな鳴き声出して」高杉は言う。「ほらもっと出せ。もっと鳴け」と足をさらに動かした。「どこから出てきたんだよ。セキュリティ破って。だけどここ、セキュリティに異常があると、俺に通知が来るようになっているんだよ。戻ってきたら、これだ」

高杉は猟銃を構えた。慣れた姿勢で、銃口をまっすぐにワタボコリに向けた。

ワタボコリはおろおろとし、口から泡でも吹くかのようだった。手を前に出しいる。

「弾を手で避けるつもりかよ」と噴き出したかと思うと、高杉は尻ポケットからスマートフォンを取り出した。「ちょっと待ってくれよ。撮っておくから」

猟銃を下げたかわりにスマートフォンを向け、録画している。

ワタボコリはそのことも把握できていないのか、もしくは分かっているからこそなのか、正座に似た姿勢で頭を落とした。「子供が産まれるんです。許してください」と泣きながら土下座をした。脇腹あたりから出血している。

僕は膝を持ち上げ、床に立つ。

高杉が、「面白映像だ、これは」とスマートフォンでワタボコリを映しながら、移動する。

こちらに背中を見せている。

あの男がそこにいた。僕と風我を足蹴にし、僕たちの人生そのものを蹴り飛ばしていた、父親の姿が重なったのだ。さらには、小玉の叔父の姿も重なる。抵抗できない者の尊厳を、足の裏の角質でも取るかのように、削り、平然としている者たちが、世の中にはいる。

そのことは受け入れなくてはいけない。けれど、こちらがずっと彼らのことを我慢している必要もない。

ふと顔を動かした先に、ぬいぐるみが転がっていた。手を伸ばし、それを引き寄せる。ずっと、罪の意識とともに心にひっかかっていた、ぬいぐるみだ。亡くなった女子児童のことを思い浮かべる。痛かっただろう。怖かっただろう。

怒りが頭を満たす。が、同時に、「何も挽回はできない」と冷静に気づく自分もいた。何をやろうと、あの子は帰ってこない。僕たちをずっと踏み躙ってきたあの男が、事故で死んだところで、人生が戻ってこなかったのと同じだ。

毒づきたくなる。

何の穴埋めにもならないことにこんなに必死になっている自分は馬鹿だ。

がっかりもした。

かといってこのような男を、のさばらせておくつもりもない。

ぬいぐるみを探ると、すぐにそれは見つかった。中学生の時の記憶の通りだった。右手の指で挟むようにして引き抜く。

釘だ。

栓でもするかのように、刺さっていた釘がそのままだったのだ。

全身の細胞を叱咤激励《しったげきれい》し、鞭《むち》打つ思いで立ち上がる。チャンスは今だとは分かった。

相手に一撃を、と僕は考えた。動きを止めるどこかに釘を刺せれば、と。

高杉が振り返った。

猟銃がこちらを向く。舌打ちをする間もなかった。大きな音がしたと思った瞬間、脚が燃えた。燃えるほどの熱さに襲われた。太腿が弾け飛んだのかと思った。

左腿を撃たれた。痛みはあったが、すでに頭の痛みのために、体中の警報器が鳴り響いている状況だったから、さらなる警報の音もそこに紛れるようなものだ。激痛に、新たな激痛が加わっても、変わらない。

高杉はスマートフォンを拾っていた。僕をとっさに撃つために落としたのだろう。

僕の息が切れる。呼吸が荒くなり、胸が大きく上下する。

「あの、ここで僕たちに何かあったら、面倒ですよ」ワタボコリはここに至っても、活路を見出そうとしている。

偉いな、と僕は感心しつつ、四つん這いの恰好で彼へと近づいた。太腿から洩れていく血は、だらだらと僕の寿命の砂時計の落ちる砂だ。戻ることはなく、空になるのを待つだけ、それはどの人も、どの生き物も同じだ。生まれた時に、抱えていた砂を流しはじめ、全部落ちて、尽きたらおしまい。

僕の砂時計が、速度を速めている。

「確かに面倒だが、どうにかなる」高杉が言った。「今までもそうだった。急がなければ、遺体の処理もできるし、何だったらその辺にポイ捨てしたほうが意外にうまくいく」

やはり表に出た事件だけではないのだ。高杉が酷《ひど》い目に遭わせ、表沙汰になっていない被害者が複数いる。

這い這いの動きで、ワタボコリのほうに移動する僕を、高杉が思い切り蹴り飛ばした。痛みの光が、頭脳を真っ白に満たす。

僕は転がり、踏ん張るよりはそのほうが身体的に楽だったこともあるが、ワタボコリの横に行く。

「悪いな」

僕が声をかけても、ワタボコリは土下座の姿勢のままだ。意識はあるが、恐怖でパニック状態になっている。おい、おい、と僕は呼ぶ。ワタボコリ、おい。泣きじゃくる顔がこちらを見る。

「ワタボコリ、悪かった」謝っても謝り切れない。

高杉が笑い声を立て、彼が感情をあらわにするのは僕の前では初めてだったかもしれないが、銃声がもう一度鳴った。どこが撃たれたのかは分からない。もはや体全体が激痛で、同時に、何も感じない。ただ、これで自分はおしまいだとは確信した。

体をひっくり返し、仰向《あおむ》けの状態になると向かいに立つ高杉がいた。

「ごめん、高杉さん」と僕は言っている。高杉に対して、囁くような言い方になった。

「何を謝っているんだ。いまさら」

「嘘をついていたから」

「どの嘘」

僕はそこで、どうにか顔を動かし、ワタボコリのいるほうへと口を尖らせた。声の大きさが調節できない、というよりも端的に、小声しか出せないからだ。「ワタボコリ、いいか、跳んでくるぞ」

「跳んでくる？　何が」

「風我だ」

「風我？」ワタボコリは首をかしげる。

「今から来る。そうしたら」僕は自分の右腕を伸ばした。

高杉が、「おい、何こそこそ喋ってるんだ」と言う。また、スマートフォンを操作している。「こっち見て、コメントしてくれ。最期の」彼は今までも、こうして被害者に喋らせ、それを録画していたに違いない。

「嘘だったんだ」

僕がファミリーレストランで高杉に話した内容には、高杉自身の犯罪に関することを除けば、大きく二つ、嘘が混ざっていた。

ひとつ、風我は死んでいない。これは、あの話を誰かが聞いていれば、おそらく嘘だろう、と察していたに違いない。二年前のバイクで事故を起こし、病院に担ぎ込まれたことは事実だが、命は失わなかった。それから一年は入院とリハビリに費やしたが、今は東京で小玉とごく普通に暮らしている。

そしてもう一つ、「誕生日は今日なんだ」と言い、僕は腕時計を見る。

「誕生日？　何の話だ」

全身の皮膚がぴりぴりと震え出すのが分かった。アパートの隣の部屋で暴力を振るわれる風我を助けなくては、とサラダ油を自分の裸に塗った時、国語の授業中に黒板を見ていた時、そして水槽に入り溺れかけている小玉を眺めながら、まさにこの同じ部屋で、風我と練った応援団の振付に似たポーズを取った時、過去のさまざまな、「その瞬間」が頭の中を過《よぎ》っていく。

風我が来る。僕はもう一度、ワタボコリに伝える。

来るってどこから？

想定外の外からだ。
「悪いね」僕は砂時計の最後の数粒が落下する直前、高杉に聞こえるような声をどうにか絞り出す。「俺の弟は、俺よりも結構、元気だよ」

この部屋に現れた風我は、一瞬、はっとした表情になったがすぐにその場を把握するために目を鋭く動かした。今までの誕生日の経験上、突然、新しい場所に現れることに慣れてはいるだろう。ただ、その場に倒れている僕の姿が目に入った時には、動揺したはずだ。

通常、移動した先に僕はいない。逆もそうだ。僕は風我のいる場所へ跳ぶが、そこに風我はいない。入れ替わる、とはすなわちそういうことだからだ。

昔、風我と交わした会話を思い出した。

「優我、もしどっちかが死んだらどうなるんだ」

「どうなるとは」

「誕生日のアレだよ。入れ替わり」

「そりゃ、なくなるだろ」そうじゃなかったらどちらかが墓に入った後も、残ったほうが二時間に一度、墓の下に跳ぶことになる、と。冗談ではあったが、理屈としてはそうなるのではないか。

「確かに」と風我も笑った。「反対に言えば、どちらかが死ぬまでこれは続くってことか」

つまり、これが最後のアレだったのだ。僕の絶命のタイミングが、ちょうどぎりぎりだったのだろう。風我がこちらに跳ぶが、僕は跳べず、だからここに二人が存在している。

事切れた僕の体を、風我は見下ろし、驚いている。

驚いている暇はないよ。

風我は、俯《うつぶ》せに倒れている僕の右手に気づいた。

最後の最後、力を振り絞り、僕は手を動かしていた。本当は、ワタボコリに、「風我が跳んできたら、こういう仕草をしてやってくれ」と頼むつもりだったが、間に合わなかった。

握った拳の親指だけ立て、床に置くことはできた。本当であれば、くいくいと振りたいところだ。

後は任せた。

僕の残した、その手と指の形は風我に伝わった。

そう、後は頼んだ。

風我は気持ちを、そのほどけかけた心の口を、きゅっと強く引き締め、縛ってくれた。

もし本当なら、と想像する。まだ生きていたなら、僕は今ここではなく、直前まで風我がいた場所に移動していただろう。おそらく東北新幹線の中だ。二時間前には僕もその座席にいた。停電による急停止がなければ、もしくは復旧がもっと早ければ、もう少し展開は違っていたはずだ。

予定通りの時刻にあの新幹線が仙台に到着していたら、風我はその足で予約していたレンタカーを使い、あのファミリーレストラン近くに待機する予定だった。そうだったら、僕が高杉に連れ去られたとしても助けに来たはずだ。高杉の仙台での行動を追跡するつもりだった。

だから念のため、昨日のうちに仙台に来ていれば良かったのだ。

いまさらながら、そう思う。

「東京から仙台なんて、二時間かからない。当日、ちょっと早めの新幹線に乗れば、それで余裕だ」予定を相談している時、風我は主張した。

「だけど、何があるかは」

「優我は心配性なんだよ。そんなに気にして、早く着いたところでどうなるっていうんだ。だいたい、今、小玉は大事な時期だから、できるだけ家を空けたくない」

ああ、と僕の声は小さくなる。小玉の妊娠が判明したのは二ヵ月ほど前だ。つわりはずいぶん落ち着いてきたとはいえ、小玉は初めての体験にかなり神経質になっているらしく、一人にしておくのが不安なのは分かる。僕からすれば勝手知らない未知なる領域なのだから、そう言われれば反論はできなかった。

「だから俺は当日、仙台に行くよ。大丈夫、その高杉との待ち合わせの時間には余裕があるように着く。ちゃんとそのファミリーレストランの近くにいる。よっぽど予想外のことが起きない限り問題はないだろ」

けれど、蓋を開けてみれば、新幹線がひどい大雨に巻き込まれ、走行できなくなった。

見るからに高杉は戸惑っていた。

先ほどまで瀕死《ひんし》状態で倒れていた僕が、というよりももはや絶命しているのだけれど、それそっくりの男が目の前に、立ち上がっているのだ。

さすがに状況が飲み込めないはずだ。

風我、来るぞ。僕は、風我に呼びかける。昔から僕たちが得意としていたあれが、不意打ちするための、あの瞬間が来る。両脇に立つ天使と悪魔を見比べる時だ。今回は、天使と悪魔ではなく、生者と死者か。

高杉は前に立つ風我を見て、それからとっさに床に目をやった。あれ、ここにいたのは、と確認せずにはいられなかったのだ。僕はそこに倒れたままだ。やあ。僕は言ってやりたい。

じゃあこっちにいるのは、と彼が目を戻した。

ほら隙ができた。

風我はもちろんタイミングを逃さず、それを持ち上げていた。

両手で掲げるようにした、そのボウリングバッグを見て、僕はさすがに苦笑をこらえられない。東京駅発の新幹線に乗車した際、僕が足元に置きっぱなしにしたものだ。向こうへ移動する際に、このバッグを持ったままだったのがそもそもの失敗だったのだが、仙台に跳んでくる時に持ってくるのも忘れてしまった。

あの席に座る風我もボウリングのボールが入ったこのバッグには気づいただろうし、僕がうっかり置いてきてしまったことも察したはずだ。

風我はそれを持って、こっちに跳んできた。たまたまだったのか、それとも武器になるとでも思ったのか。

高杉は、頭上に持ち上げられたバッグを、茫然と見上げている。

ただのバッグかと思っているのかもしれない。

僕は申し訳なく感じた。

中身は十四ポンドのボウリングのボールだ。

重々しい音が響いた。とっさに高杉も避けたのか、そのボウリングバッグは彼の頭ではなく肩にぶつかった。

高杉が顔をゆがめる。

風我は止まらなかった。再び両手でバッグを高く、今度は腕を伸ばしきるほどまで高く上げるとそこから、力強く、勢いをつけてバッグを床に叩きつけた。

痛そうだな、と僕は顔を背けかけた。いい気味だと思うところもあったが自重した。それくらいの常識は持っている。

十四ポンドのボウリングボールは、高杉の右足に、見事に激突していた。足ごと、床にめり込むかのようだ。

その時点でほとんど、高杉の動きは止まったようなものだ。風我は感情をぐっとこらえているのか、むしろ涼しい表情だった。それがいい、と僕は安堵する。落ち着きを失ってはいけない。

風我は、足が破壊されたために機能停止状態となった高杉に馬乗りになった。何度か殴っていたかもしれない。

命を奪うな。やりすぎるなよ。僕のその呼びかけが聞こえていたかどうか。ここで高杉を殺害してしまったら、風我も犯罪者となってしまう。

やがて風我は、動かなくなった高杉の両手を、自分の脱いだシャツで結ぶ。トレーニング用のベンチまで引っ張ると、縛りつけた。

それから倒れた僕に駆け寄ろうとする。

いやこっちはすでに手遅れだ。ワタボコリを助けてやってくれ。

風我は、ワタボコリに近づくと撃たれた傷を確認した。

「いったいこれは」とワタボコリが体を震わせている。

「大丈夫だ。これは助かる」風我は断定する口調だった。

医者でもないくせに。

ただ、ワタボコリを励ますつもりだったのだろう。

ワタボコリに礼を言ってくれ。彼のおかげで助かった。

「ありがとう」風我がそう伝えた。「今、警察を呼ぶ。巻き込むつもりはなかったんだが、悪かった」

「風我君?」

「そうだ。おまえの店に行った時は嘘をついたけどな。あの時の俺は、優我だったから」

「どういうこと」

風我はスマートフォンを取り出すと、電波が入らないことに気づき、階段を上っていく。地下室には、ワタボコリだけが残った。正確には、ベンチに縛られた高杉と、僕もいた。ワタボコリの怪我は、もちろん大変な状態ではあったが僕のよりはおそらくマシで、撃たれて出血しているものの、風我の根拠なしの見立て通り、致命的な傷ではないようだった。

ワタボコリは、高杉がいつ動き出すかとびくついている。階上のドアが開いて風我が、「救急車が来る。警察も」とやってきた時には、その音と声に飛び上がるほど驚いており、その様子がおかしかった。

風我が、「びびりすぎだろ」と笑った。

予想よりも早く、緊急車両は到着した。警察関係者が大勢、なだれ込むように地下室に入ってきて、僕たちを囲みはじめる。ずいぶんたくさん集まってきた。応急手当を受けたワタボコリが担架で運び出されていく。シートをかけられた僕も、それに続いた。

風我はベンチに座ったまま、数メートル先に立つ男を窺った。中学生くらいだろうから、少年と言ったほうがいいのだろうか。宮城県庁の南西側に位置する勾当台《こうとうだい》公園の、円型花壇付近に立つその少年は、先ほどからちらちらと風我に視線をよこしてくる。

昨日までは雨だった、と風我たちが仙台に着き乗ったタクシーの運転手は言っていた。今日は打って変わっての晴天だよ、と。

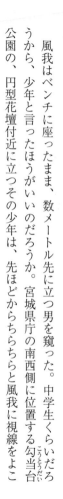

暖かい日差しが公園を、ヒマラヤスギの緑を、敷かれた石の白色を、彫刻の銅色を、磨いて光らせるかのようだ。風我は北側を振り返り、トイレに行った小玉と子供たちが帰ってこないか確認する。まだ戻ってくる気配はなかった。

三年前の事件後、風我たちは注目を浴びた。小学生を誘拐監禁し、殺害していた高杉には明らかに余罪があり、過去には無免許運転の轢き逃げ事故を起こしていたこと、苗字を変えた上で都内のテレビ制作会社で働いていたこと、仙台市内の一戸建ての地下室が監禁場所に使われていたこと、さらには二十代の男が三人、一人は死亡、一人は撃たれて重傷といった状態で発見され、いったい何が起きたのか詳細がはっきりしないこと、それらはワイドショーや週刊誌には恰好のネタとなった。

双子の兄を亡くした上に、小玉が出産を控えていたから風我は疲弊し、しつこく取材してくるマスコミに対し感情を露わにすることもあったが、世間は、風我やワタボコリを擁護してくれた。犯人逮捕に貢献してくれ、心身ともにぼろぼろなのだから、放っておいてあげればいいのだ、と声ならぬ声がじわじわと広がり、その結果、風我は事件から解放されていった。

「あの」と声をかけられ、顔を上げると風我の前に、少年がいた。いつの間に近づいてきていたのか。声をかけずにはいられなかった、という様子だ。「常盤さんですか」

風我の顔が、警戒するように引き締まったのは、事件後の報道で、芸能人とまではいかないまでも、望まぬ知名度を得て、外を歩いているだけで声をかけられることが少なからずあったからだろう。無用の同情と、大袈裟な賛辞、言いがかりに近い批判を、体にこすりつけられることが、しばらく続いた。

「ニュースで見ました」中学生は言った。

少年相手に、無下な態度を取るのも気がひけたのか、風我は無視せずに、「ああ、どうも」と答えた。けれどそれ以上は、話を続けるつもりはない、といった態度だ。

少年はその場から立ち去らなかった。「双子なんですよね」と続けた。

事件報道では、常盤優我、常盤風我と実名入りで紹介されていた。双子ということも強調されていたから少年も知っていたのだろう。

「まあ」風我は答え、もう一度、トイレの方向を確認する。小玉たちが戻ってきたら、すぐにでも離れるつもりだったに違いない。

「あの、僕」少年が意を決するように唾を飲んだのと、その彼が誰なのかに気づくのはほぼ同時だった。

「常盤さんに昔、遊んでもらったことがあって」

ハルタ君だ。五年が経ち、ずいぶんと大人びていたが、面影がある。

「ああ」風我はようやく明るい表情になり、指を少年に向けた。人を指差すのは失礼だからやめたほうがいい。

「あれだ、ハルタ君だっけ」

「あ、はい」少年は顔を明るくし、うなずいた。

「優我から聞いていたよ。お母さんがハルコさんで」

「ニュースで知りました。常盤さんは」

「悪かった」

「え」

「たぶん、優我がいたら謝りたかっただろうから。俺たちのせいで、ひどい目に遭わせてしまった」風我はベンチから腰を上げると、頭を下げた。

少年は少し困惑した。実際、彼が、あの男のせいで恐ろしい目に遭ったのは事実なのだ。「気にしないでください」と答えるほど消化はできていないだろうし、かといって、ここで風我をなじらないほどには、落ち着きを取り戻しているのかもしれない。

「常盤さんが守ってくれたんですよね」

「守る？　何を」

むしろ守れなかったのではなかったか。

「母も言ってましたよ。ニュース見た時」

ハルコさんは何と言っていた？

具体的な内容が、彼の口から出てくる気配はなかった。そこは、風我がしつこく訊ねるべきだろうに。まったく頼りにならない。

「あ」風我は腕時計を見ると、手のひらを前に出した。「ちょっと待ってくれ」

ハルタ君は体をびくっとさせた。何事か、と少し怯えたのが分かる。

風我は腕時計をじっと見つめている。十四時を過ぎている。もっと言えば、十四時十分が間近だった。

「今日は誕生日なんだ」風我は言う。同時に命日だから、仙台に来た。そう続けたがハルタ君はぴんと来ていない。「この三年、アレが起きたことはないし、起きるとはとうてい思えないけど」

「何の話ですか」

「二分後、もう一度自己紹介してくれないか」

「え？」

「優我も、君が誰かすぐには分からないだろうから」

そう言っている間も、時計は針を進める。すぐ近くに構える市役所の建物には時計が設置されているが、デジタル表示であるから秒までは把握できない。十四時十分が来て、風我は全身に力を込めているようだった。肌にぴりぴりと膜がかかる感覚を、神経を尖らせ、探しているに違いない。

じっとし、動かなくなる風我を、ハルタ君が心配そうに眺めた。

「あの、僕」ハルタ君が悩みながら自己紹介をはじめようとし、風我がそれを止めた。「いや、いい。そりゃ無理か。だよな」

無理だ。ただ、見ることはできた。

後ろから小玉が帰って来たのはその時だ。お待たせ、と言い、前をぴょこぴょこ歩く、二人の娘が転ばないか気にかけている。

風我は立ち上がり、娘二人に手を出す。白いシャツを着た娘とピンクのシャツを着た娘が左右、それぞれの手に絡んでくる。

「小玉、こっちはハルタ君、優我の友達だった男の子で」風我が紹介すると、小玉は目を大きく開き、嬉しそうな声を発した。彼女も、ハルタ君のことは覚えていたのだろう、「懐かしい」と何度か言った。

娘たちは風我の手をつかんだまま、ぐるぐると回りはじめ、愉快気に笑い声を立てていた。

風が少し強くなり、空を流れる雲が太陽を隠し、公園全体がうっすらと暗くなったが、それは不穏さよりも、経過した年月を静かに巻き戻すための幕間《まくあい》のようにも感じられた。

そろそろ行こうか、と風我が娘二人に腕を引っ張られながら言う。

ハルタ君が丁寧に挨拶をした。

「お母さんにもよろしく」風我がそう言ってくれる。

はい、と答えるハルタ君はしっかりとしていた。

それにしても、本当に大きくなったなあ。

「さっきトイレ行く時、大変で。二人して相手の服の色のほうがいい、って交換したがって」歩きながら、小玉が嘆く。「いっそ二人とも同じ服を着せたほうが楽だよね」

同じ顔の子供がぐるぐると風我のまわりを動き回る。

たぶん大丈夫だとは思うけれど、誕生日には気をつけろ。

「服を一緒にすると」風我が苦笑した。「入れ替わられた時、分かりにくいんだよな」

文庫版あとがき

書きはじめる直前まで、主人公の双子たちは親との関係も良好な、平穏な家庭の若者として描くつもりでした。過去に書いた『オー！ファーザー』のように、兄弟や親子の間で信頼関係が成り立ち、悩みや問題を相談し、乗り越えていく話になる予定だったのです。それが、書きはじめる日になり急に、そうではない家族の話にしたくなりました。理由は今となっては思い出せません。大変な家庭環境にある子供の事件をニュースで目にしたからかもしれません。もちろん僕には、そういったことをテーマにして問題提起する力はありませんし、そもそも、何をどうしたら解決するのかも分かりません。ただ、自分がこれから書くお話の中でくらいは、大変な目に遭う子供たちが特別な力で冒険してもいいのではないかな、と急に思ったような気がします。すると、捕まらないためにサラダ油を体中に一生懸命に塗る子供の姿が思い浮かび、それを頼りに書いていった記憶があります。

そういったことが関係したのかどうか、結果的にこの『フーガはユーガ』は、「問答無用のハッピーエンド」ではなく、読み終えた後に、少し寂しさを感じる部分もあるような小説になりました。もちろんそれは、僕が執筆中に考えていたゴールでありましたし、自分としては大事な長編小説であるのは間違いありません。「どうせ作り話なのだから、楽しい話のほうがいい」という気持ちもあるため、文庫化のタイミングで、もう少し違った読後感を得られるものに変更すべきではないか、とも悩みましたが、それはそれでこの双子たちを否定するような気がしますし、大幅な変更はせず、無用な不快感が減るように、と少し手を入れるに留《とど》めました。

読み終えた人たちがどのような感想を抱くのかは分かりませんが、この双子たちの物語を、読んで良かったと感じてもらえればいいな、と思っています。

解説

瀧井朝世
（ライター）

現実はそんなに甘くない。

でも、生きていこうよ。

伊坂幸太郎の作品を読むと、いつもそう言われている気がする。軽快な語り口調で進行する物語の主人公たちが置かれた状況は、決して甘くはないことが多い。それでも、この先の人生にちょっとだけでもいいことがあるといいよね、だから生きていこうね——そんなつぶやきが聞こえてくるように思える。

本作『フーガはユーガ』で描かれる家庭環境も、いくらでもシリアスに書けるほど苛酷だ。それを、どこかとぼけた一人称の語りと、ファンタスティックな要素と、構成の妙でもってエンターテインメントに仕立て上げてのけている。では、最後のページで見せてくれるのは、どんな光景なのか。

仙台のファミリーレストランで向かい合う二人の若い男。一人は常盤優我という青年、もう一人はテレビディレクターの高杉で、二人はこれが初対面だ。優我が高杉に語り始めるのは、双子の弟である風我と、彼らが持つ不思議な能力の物語。暴力を振るう父親と、何もしてくれなかった上にやがて出奔《しゅっぽん》する母親のもとで育った彼らが小学生時代に気づいたのは、自分たちに備わった、毎年誕生日の一日だけ、十時十分から二時間ごとに身体が入れ替わる奇妙なテレポーテーション能力だ。検証を重ねて力の特性を把握した彼らは、いじめられっ子のワタボコリを助けたりもする。でも、道ですれ違った家出少女を救えなかった出来事が、主人公たちのなかに深い悔恨となって刻まれる。

二〇一八年の単行本刊行時にご本人にインタビューしたところ、予想外の話が飛び出し面白かったのでご紹介しながら話を進めたい。ただ、伊坂さんはいつも朗らかで飄々としていて取材中も終始笑わせてくれ、そのぶん、どこまで本気でどこまで冗談で言っているのか分からないところがある。と、心にお留め置きいただきたい。

まず、実業之日本社からの小説の刊行が二〇〇五年発表の『砂漠』以来であるが、その経緯と本作の着想について訊くと、

「『砂漠』を出した時、担当編集の方に双子が生まれたんですよ。それで〝次は双子の話を書きましょう〟という話になって」

と、なんともユニークな出発点を教えてくれたが、他にも兄弟が登場する著作はあるため、さほど突飛な発案ではなかったはずだ。その後、他社の本の仕事に追わ

れるなどして時間が空き、そろそろ取り掛かろうとして思いついたのが、「誕生日だけ二時間おきに互いと意識が入れ替わる双子の話」だった。だが、ほどなく一作の映画が公開された。あの大ヒット作品である。

「『君の名は。』が公開されて、これは絶対にヤバイ、真似したと思われる、と(笑)。あの映画自体好きですし、悩んだ末、苦肉の策で意識だけでなく身体ごと入れ替わるという設定にしました」

テレポーテーションのルールを設定していく作業は楽しかったそうだ。毎年誕生日だけ、二時間おきの現象だという他、手に触れているものも一緒にテレポートする、乗り物の中にいてもそれごと移動するといったことはない――等々。

「フィクション作品では、大きな嘘は一個だけならアリかなと思っていて。それを成立させるために細かな制約を設定していくのが僕の作風でもある。ここで瞬間移動だけでなく透明人間にもなれる、なんて嘘を重ねると著者に都合がいいだけの設定になるので、嘘はひとつだけ、ですね」

細かなルールがあるほど主人公たちの行動にも制限が生じるが、それにしてもこの力、なんとも活用しづらそう。超能力者だといっても、彼らはまったくもって万能ではない。その設定については、『逆ソクラテス』刊行時のインタビューでの著者の発言を引きたい。

「お話だと結局、最後にこの子が何かの能力で成功しました、とかいう話になりがちですが、でも実際はそういう能力がない人が大半じゃないですか。だから、そうじゃない話も書こうという話を編集者としました」

まったく異なる内容についてのコメントではあるが、これは本作にも当てはまるのではないか。風我たちが持つのは現状を軽々と変えられる圧倒的な力ではなく、使えるのかどうか分からないへんてこりんな能力。だからこそ、彼らに親しみが持てるし、力をどう活用していくのかという興味をわかせる。

また、主人公が第三者に自分の過去を語っている構図も本作の大きな特徴だ。高杉が時折「それはどういうことだ」とツッコミを入れるが、読者も同じ気持ちだ。さらにこちらを用心させるのは、優我が何度も、自分の話には嘘が混じっている、と念押しする点。自ら名乗り出る「信用できない語り手」なのである。それに関しては、

「後からこいつは信頼できない語り手だったと分かるより、最初から堂々と〝嘘も入ってるよ！〟と言っておいたほうが読者に対して親切な気がして」

と笑っていたが、この構造こそに、ストーリーテリングの巧みさがある。もしこれが幼い頃から時系列にそって進む話なら、読者は双子が能力を活用して困難を乗り越える展開だと予想するはず。それでは大きな牽引力は生まれない。主人公が過

去を語るという枠組みだからこそ謎は生まれてくる。なぜ彼は初対面の男に自分たちの秘密を語っているのか？　現在、優我と風我はどんな生活を送っているのか？自分の話に嘘の部分があると何度も繰り返す狙いは何なのか？　そして読み進めるうち、読者は願望を持つはずだ。双子の家族環境、他の子どもたちが晒される非情な運命が全部、優我の嘘だったらいいのに、と。大逆転がありますように、と。

そう、この物語では多くの子どもたちがひどい目に遭う。命を落としてしまう子もいる。ユーモアを交えて語りながらも、そこに広がる世界はかなり辛いのだ。双子の置かれた環境については、こう語ってくれた。

「僕は家族がチームとなって敵に立ち向かう話が好きなんですが、世の中そんな家族ばかりじゃない。過酷な状況を生き抜く子たちだからこそ、突飛な能力があっていいんじゃないかと思い、辛い家族環境の主人公にしました。そのほうが二人で乗り越えていく感じが強まりますし。ただ、この能力でできることって、そんなになくて、かなり地味（笑）。そこがいいなと思っています」

他の子どもたちに関しても配慮がなされている部分はある。たとえば、小玉という少女が受けている虐待について、直接的な性的虐待ではリアルすぎるからと、それは回避したそうだ。また、今回の文庫化に際して彼女が電気ショックを受ける場面が削除されるなど、ややマイルドになっているのも考慮の末だろう。

ただ、それでも、子どもたちに起きる出来事はあまりにもひどい。なぜこうしたことを書くのか。それはやはり、この現実世界で、実際に子どもに対するひどい行いが多々存在しているからではないか。過酷な状況を乗り越えられずにいる子どもたちは現実に沢山いる。その事実から、目を背けられない著者の姿勢を感じてしまう。伊坂さんはよく「作品にメッセージはこめないけれど、自分の考えが出てきてしまう」と話しているから。

双子たちも、降りかかる暴力に抗いきれずにいる。それでも智恵を絞って邪悪な存在に立ち向かっていこうとした時、彼ら、特に風我の原動力となっているのは純粋な正義感ではなく、怒りだ。彼らは正義のヒーローとして世の中を助ける善人ではない。特別な大義名分だってない。彼らはただ、暴力を受けた、あるいは暴力を目の当たりにした生身の人間として、怒っているのだ。無力な子ども、かつて無力な子どもだった大人の消えない怒りが、ここにはしっかり書かれている。見過ごされがちな誰かの心の傷とそこから生まれる感情が、書き留められているのだ。怒りに駆られた暴力という反撃を、分かりやすい勧善懲悪な物語や美談に落とし込んだりしないという、冷静さを保ちながら。

それにしても、エピローグともいえる終章の語り手には驚かされる。本篇未読の方のために詳しくは書けないが（なので勘のよい方はここから先の六行は読まないでください！）、彼が語り続けていると思わせてくれるところに、小さな希望が感じられる。ツッコミをいれながらも見守ってくれているんだというところに、絞り出すような慰めが伝わってくる。それは、コインロッカーに入れたラジカセで歌を流し続けるのと同じタイプの祈りではないか。そういえばご本人も、この切なさや独特な余韻について、「『アヒルと鴨のコインロッカー』と似ているかもしれません。そういう意味では、原点回帰的な小説になりました」と、語っていた。

すでにいくつかのインタビューやエッセイでも言及されているが、著者には小学生時代、恩師の磯崎先生から教わった忘れられない言葉があるという。それまでは「優しい」という言葉に対して「人に親切にする」というイメージを持っていたが、「磯崎先生が言うには、にんべんに「憂」と書くから、人の嫌な気持ちを分かってあげるのが本当の優しさなんだ、って。別に親切なことをしなくても、人の嫌なことと、つらいことを分かってあげるのが優しさだというのがちょっとしたカルチャーショックだったので、初期の『ラッシュライフ』でパクって泥棒に言わせているんです」

楽しいフィクションを書きたい。だけれども、現実に辛い状況下で憂える人を置き去りにしてしまうような絵空事は書きたくない。そんな（無意識下の）思いが融合した結果、ほろ苦い作風が生まれているのではないだろうか。つまりこの小説は、著者の優しさの表れなのだ。

本作品はフィクションです。実在する事件、団体、地名等とは一切関係がありません。

二〇一八年一一月実業之日本社刊
文庫化に際し、改稿しました。

実業之日本社文庫　最新刊

実業之日本社文庫　最新刊

中得一美
嫁の甲斐性
晴れて年季が明け嫁いだが、大工の夫が大怪我。借金返済のため苦労を重ねる吉原の元花魁・すずの数奇な半生を描き出す。新鋭の書き下ろし新感覚時代小説！
な7 2

新津きよみ
妻の罪状
いちばん怖いのは、家族なんです——遺産相続、空き家、8050問題……家族関係はどんでん返しの連続。名手によるホラーミステリ7編収録のオリジナル短編集！
に5 2

西村京太郎
十津川警部　出雲伝説と木次線
スサノオの神社を潰せ。さもなくば人質は全員死ぬ！奥出雲の神話の里を走るトロッコ列車がトレインジャックされた。犯人が出した要求は!?（解説／山前　譲）
に1 25

羽田圭介
5時過ぎランチ
ガソリンスタンドの女性ベテランアルバイト、アレルギー持ちの殺し屋、写真週刊誌の女性編集者……三人が遭遇した限りなく過酷で危険な〈お仕事〉とは？
は12 1

睦月影郎
淫ら新入社員
女性ばかりの会社『WO』。本当の採用理由を知らされずに入社した亜紀彦は、美女揃いの上司や先輩を相手に、淫らな業務を体験する。彼の役目とは——。
む2 15

実業之日本社文庫　好評既刊

伊坂幸太郎
砂漠
この一冊で世界が変わる、かもしれない。一瞬で過ぎる学生時代の瑞々しさと切なさを描いた一生モノの傑作長編！　小社文庫限定の書き下ろしあとがき収録。
い12 1

伊兼源太郎
密告はうたう　警視庁監察ファイル
警察職員の不正を取り締まる警視庁人事一課監察係の佐良は元同僚・皆口菜子の監察を命じられた。彼女とはかつて未解決事件での因縁が…。（解説・池上冬樹）
い13 1

伊兼源太郎
ブラックリスト　警視庁監察ファイル
容疑者は全員警察官――逃亡中の詐欺犯たちが次々と変死。警察内部からの情報漏洩はあったのか。ブラックリストが示す組織の闇とは!?（解説・香山二三郎）
い13 2

池井戸 潤
空飛ぶタイヤ
正義は我にありだ――名門巨大企業に立ち向かう弱小会社社長の熱き闘い。『下町ロケット』の原点といえる感動巨編！（解説・村上貴史）
い11 1

池井戸 潤
不祥事
痛快すぎる女子銀行員・花咲舞が様々なトラブルを解決に導き、腐った銀行を叩き直す！　テレビドラマ「花咲舞が黙ってない」原作。（解説・加藤正俊）
い11 2

実業之日本社文庫　好評既刊

貫井徳郎
微笑む人
エリート銀行員が妻子を殺害。事件の真実を小説家が追うが……。理解できない犯罪の怖さを描く、ミステリーの常識を超えた衝撃作。（解説・末國善己）
ぬ11

馳 星周
神《カムイ》の涙
アイヌの木彫り作家と孫娘の家に、若い男が訪ねてきた。男には明かせない過去があった。著者が故郷・北海道を舞台に描いた感涙の新家族小説！（解説・唯川恵）
は101

原田ひ香
三人屋
朝・昼・晩で業態がガラリと変わる飲食店、通称「三人屋」。経営者のワケあり三姉妹と常連たちが織りなす、味わい深い人情ドラマ！（解説・北大路公子）
は91

原田ひ香
サンドの女　三人屋
心も体もくたくたな日は新名物「玉子サンド」を召し上がれ――サンドイッチ店とスナックで、新・三人屋、今日も大繁盛。待望の続編、いきなり文庫で登場！
は92

原田マハ
総理の夫　First Gentleman　新版
42歳で史上初の女性・最年少総理大臣に就任した妻と、鳥類学者の夫の奮闘の日々を描いた、感動の政界エンタメが装いも新たに登場！（解説・国谷裕子）
は43

実業之日本社文庫　好評既刊

東野圭吾
白銀ジャック
ゲレンデの下に爆弾が埋まっている――圧倒的な疾走感で読者を翻弄する、痛快サスペンス！　発売直後に100万部突破の、いきなり文庫化作品。

ひ11

東野圭吾
疾風ロンド
生物兵器を雪山に埋めた犯人からの手がかりは、スキー場らしき場所で撮られたテディベアの写真のみ。ラスト1頁まで気が抜けない娯楽快作、文庫書き下ろし！

ひ12

東野圭吾
雪煙チェイス
殺人の容疑をかけられた青年が、アリバイを証明できる唯一の人物――謎の美人スノーボーダーを追う。どんでん返し連続の痛快ノンストップ・ミステリー！

ひ13

東野圭吾
恋のゴンドラ
広太は合コンで知り合った桃美とスノボ旅行へ。ところがゴンドラに同乗してきたのは、同棲中の婚約者だった！　真冬のゲレンデを舞台に起きる愛憎劇！

ひ14

三浦しをん
ぐるぐる♡博物館
人類史から秘宝館まで、博物館が大好きな著者がときに妄想を膨らませつつお宝や珍品に迫る。愛と好奇心が渦を巻く興奮のルポエッセイ！（解説・梯 久美子）
み101

実業之日本社文庫 い122

フーガはユーガ

2021年10月15日　初版第1刷発行

著　者　伊坂幸太郎《いさかこうたろう》

発行者　岩野裕一
発行所　株式会社実業之日本社
〒107-0062　東京都港区南青山5-4-30
CoSTUME NATIONAL Aoyama Complex 2F
電話［編集］03(6809)0473［販売］03(6809)0495
ホームページ https://www.j-n.co.jp/
DTP　ラッシュ
印刷所　大日本印刷株式会社
製本所　大日本印刷株式会社

フォーマットデザイン　鈴木正道（Suzuki Design）

ISBN978-4-408-55688-8（第二文芸）